Chara

渇愛㊦

JN072203

吉原理恵子

キャラ文庫

この作品はフィクションです。
実在の人物・団体・事件などにはいっさい関係ありません。

目次

口絵・本文イラスト／笠井あゆみ

1　駆け引き

不夜城、新宿《しんじゅく》。

表通り、裏通り、路地裏、袋小路…………。呼び名は違っても、派手なネオンの途切れる間もない。

通称『ナイト・コア』と呼ばれるビル群の中にある、桂《かつら》ライフ・ビルディングの十三階。会員制クラブ『アモーラル』の中でも選ばれた者《ゴールドメンバー》しか立ち入ることができないハイクラス・ルームの最奥である一室で、お抱えシェフが腕によりをかけたディナーに舌鼓を打ったあと、食後のコーヒーカップを優雅な手つきで傾けながら森島明人《もりしまあきと》が言った。

「どうかな、レイジ君。そろそろいい返事をもらえると嬉《うれ》しいんだが」

他人の目を気にする必要もなく、ゆったりと自由にくつろげるプライベート・タイムだからだろうか。それとも、十三階へのパスポートとも言えるプラチナ・カードを手渡した時点で、すでに玲二《れいじ》は特別なのだという意思表示のつもりなのか。クール・ビューティーと称賛された硬質の美貌は今は穏やかすぎるほどに和らいでいる。営業用ではない親密さをアピールするかのように。

それでも、完全な休養日ではないのだろう。つい先ほどまで仕事中でした……と言わんばかりのスーツ姿であった。

きっちりと上品にオーダーメードのサマー・スーツを着こなした物腰はしなやかだが、辣腕《らつわん》でならす業界人に隙《すき》はない。

日々の節制だの、絶ゆまぬ努力だの、おそらくそんな言葉とは無縁だろう引き締まった身体は揺るぎない自信とプライドによってのみ磨かれているのではないか。

ただのはったりでも、付け焼き刃でもない。一本芯の通った鋼《はがね》の意思はそれだけで充分に肉体を御するものなのだろう。玲二と同じように、だが玲二とはまったく違った意味で、醸し出すオーラはブルー・ダイアモンドを連想させた。

「この間も話したように、こちらとしての条件は一切ない。君のやりたいようにやってもらえればいい」

破格の条件である。

「……怖いな。タダより高い物はないって言うけど、それ以上だもんな」

皮肉にはならないそっけなさで玲二がつぶやいた。正しく『森島明人』という人物を看破して。

「プラチナ・カードの見返りは週に一度のゲーム参加……だったよな」

「そう。こちらとしては下心のない、ごく普通のプレゼントのつもりだったのに。ギブ・アンド・テイクでなければ受け取ってはもらえないなんて、寂しい限りだがね」

やんわりと明人が返す。

「ごく普通の……ねえ。とてもそうは思えないけどな。いくら金を積んでも手に入らない、プレミア付きのカードだって聞いたぜ。あいにくと、俺は無償の善意なんてもんは信じてない。なんたって桂台《かつらだい》のクール・ビューティーはにっこり笑って骨を断つって、噂《うわさ》だしな。うっかりオイシイ話に乗っかっちまうと、そのまま足抜けできなくなりそうだ」

吐き出す言葉ほどに口調《毒》はこもらない。

明人は唇の端にうっすらと笑みを刷《は》いた。それが少しも嫌味ではなく不遜《ふそん》ですらないのは、ひとえに洗練された物腰の柔らかさにあった。

「噂なんて他人の好奇心を面白おかしく煽《あお》るだけで、そうそう深読みされても困るんだがね。まあ、この商売には付き物の有名税というところかな」

「火のないところに煙は立たずともいうけど？」

「なんといっても、ここは生き馬の目を抜く新宿《歓楽街》だしね。当然、あることないこと、噂に火をつけて回る連中もいるだろうな」

それでも、下手に揺らがない自信があるのが森島明人という男なのだろうと玲二は思った。

一見して年齢不詳にも見える明人だが、表情にも物腰にも浮ついたものは微塵《みじん》も感じさせせないところからして三十代前半あたりだろう。十九歳の玲二とはそれなりの年齢差はあるが、ごく自然にタメ口をきく玲二に明人は眉をひそめることもなかった。

ナチュラルに傲慢《ごうまん》。それも『レイジ』という特異なキャラクターを形作るひとつの個性と思っているのかもしれない。

「君が毎週決まった日に顔を出すとわかってからは集客力もアップした。ゲームの相場《レート》も関心も上がった。ついでに我々の懐も潤って、結果的には予想以上に実のある投資だったわけだ」

淡々と明人は口にする。

玲二は薄々気づいていた。この十三階に出入りするようになってからは、特に。

噂がすべて、真実の一端を突いているなどとは思わない。――が、物事の裏目を掬《すく》って地を這《は》うようなきな臭さは、そこに温床となりうる何かを連想させるから噂になるのだと。

人目に晒《さら》したくない腐れ物……いや、人によってはそれが極上の誘蛾灯にも思えるのかもしれないが、どちらにしてもその臭いまでは消せないものなのだろう。

消えないから、隠せないのか。

それとも。はなから隠そうという気がないのか。

あるいは。ただ蜘蛛《くも》の糸を張り巡らせて待っているだけなのか。

玲二は改めて自問してみる。桂台のクール・ビューティーと呼ばれる男は、いったい何を考えているのだろうかと。

――いや。本当は自分に何を求めているのだろうかと。

十三階の最奥には開かれた扉と閉じられたままの扉がある。開こうとする気になりさえすれば、それらはすんなりと玲二を招き入れるだろう。これまで、玲二は何の関心もなければ取り立てて興味も引かれなかっただけのことで。

だが。ここへきて、明人は執拗《しつよう》なほどの粘り腰で且《か》つ押し付けがましさのない慎重さでもって玲二を口説きはじめた。

これは、いったいどういうことを意味するのだろうか。

「やってもらえそうかな？」

「プラチナ・メンバーのためのホスト、ねぇ。言っとくけど、俺はおべんちゃらも愛想笑いもできないぜ？」

「それでけっこう。素のままの君でいてくれればいい。『ダークマター』の主人《ホスト》として」

明人のポーカーフェイスは崩れない。

玲二は長い足を持て余すようにソファーにもたれたまま、なにげない口調で抜き身をちらつかせた。

「本当にそれでいいのかよ？『ダークマター』とやらは『アモーラル』のようなアンテナ・ショップとは客層も金のかけ方も桁《けた》が違うんだろ？　ンなとこに十代のガキをホストに据《す》えるなんて、マジで本気なわけ？」

明人はまばたきもせず玲二を凝視した。それまでの穏やかな柔かさがスッと色を落とし、硬い意思だけが剝《む》き出されたような双眸《そうぼう》で。それこそが森島明人の本性なのだと言わんばかりの鋭さだった。

玲二は唇の端をわずかにめくり上げた。

「調べたんだろ？　俺のこと」

明人の表情は動かない。

たたみかけるように玲二はシニカルに嗤《わら》った。

「当然だよな。リスクは最低限に抑えるのが商売人の鉄則だもんな。……で？　それでも構わないって破格の条件で俺をホストに据えたがる、あんたの本音は何？」

「高見《たかみ》玲二という個性の青田買い……では、答えにならないかな？」

目線は逸《そ》らさず表情だけをほんのわずか和らげて明人は言った。

「なってねぇな」

にべもなく玲二は切って捨てた。

「そういうのは、やり手でならす森島産業の御曹子のセリフじゃねぇよ。そうだろ？　俺はこころあたりじゃちょっと名前が売れてるだけのタラシだぜ」

「ハンパでないところに惚《ほ》れているんだがね」

明人の声音は崩れない。

「勝手に買いかぶられちゃ迷惑だね」

冷淡に玲二は突き放す。おためごかしの建て前など聞きたくもない……と言わんばかりの態度だった。

「レイジ君、私は、容姿も年齢も目に見えるただの器にすぎないと思っている。しかし人間というのはおかしなもので、目にしたものがすべて真実ではないと知ってはいても、実際に自分が見たことでしか評価を下せない生き物なんだよ」

否定はしない。むしろ、その説には大いに賛同できた。物心がついてからずっと、そういう色眼鏡《いろめがね》で見られてきたからだ。いいかげんうんざりして、その反動で今の自分がある——ときっぱり言い切ってしまえるほどに。

「そうやって世間にレッテルを貼ることで、いつも自分の立ってる位置を確認しておきたいと思っている。世間の常識からはみ出してしまわないようにね。だけど、君は違うだろう?」

「何が? 俺は自分のやりたいようにやってるだけだ」

百パーセント本音である。

「君は……なぜ、この界隈《かいわい》でカリスマになることを選んだのかな? わかってるよ。君自身が望んだわけじゃないって言いたいんだろう? 確かにそうかもしれないが『高見玲二』という名前が君を束縛するのもまた違《たが》えようのない現実じゃないのかな? それとも。君的には『高見玲二』という顔ではいたくない、何か切羽詰まった事情があった……とか。まぁ、そこまで深く詮索《せんさく》するつもりはないがね」

明人はうっすらと微笑を刻む。嫌味にはならない大人の余裕を見せつけるように。

「人は誰でも表の顔とは違う顔を持ちたがるものだ。『アモーラル』は、そのためのほんのささやかな息抜きだよ。我々はそのための『場』と『物』を提供する代わりに、なにがしかの見返りをいただく。それが金であるのか、ある種の情報なのか。それはその時々によるがね」

あけすけに明人は語る。それだけが真実ではないだろうが。

「だが、君は彼らとは違う。君は『高見玲二』という器に収まりきれないカリスマだよ。望めば、誰もかれもがそうなれるというものじゃない。だから、それに一番相応《ふさわ》しい場所に立ってもらいたいというのが、私の偽らざる気持ちなのだがね」

明人は熱心に口説く。ここまで詳《つまび》らかにしたのだからそれなりの返事を期待してもいいのではないかという下心はあっても、それを匂《にお》わせるようなことはしない。交渉ごとには長《た》けている明人であっても、まだ玲二の腹の底は読めなかった。

「だから、言っただろ？　俺は、そういう無償の善意だの対価のない好意だのは信じてないってな」

冷ややかに玲二は切り捨てた。

無償の愛だの、善意の献身だの、無報酬の奉仕だの、玲二は毛ほども信じてはいなかった。その言葉の裏に隠された欺瞞《ぎまん》と偽善的な自己陶酔を見るからだ。そして、それはいったんメッキが剝《は》がれ落ちてしまうと、なんでもかんでも責任転嫁して自分を正当化しようとする。

あれが悪い。これが駄目。それがよくない。

自分は悪くない。自分のせいじゃない。周りがわかってくれないだけ。

不当だ。

理不尽だ。

世界で一番自分が不幸だ。

そうやって一番身近な者を平気で傷つける。

実母である美也子《みやこ》がそうだった。

父親がいて、母親がいて。学校に行って、友達と遊んで、ご飯を食べて、寝る。そういう毎日の暮らしが自分の世界のすべてだと思っているときには気づかなかった。

玲二は見てしまったのだ。エゴとエゴがぶつかり合う両親の修羅場を。

聞きたくもないのに聞こえてしまう、不毛な罵《のの》り合い。その果ての、両親の離婚という避けられない現実。

そして、突然知らされてしまう。自慢の父親の思ってもみない過去を。

玲二ひとりだけがいつも蚊帳《かや》の外だった。

大人たちの身勝手に振り回されても何の発言権も持たない無力な子ども……。それが自分なのだと思い知らされて、玲二の中で何かがぷっつり切れた。

そうして、初めて気づいた。世の中のルールは大人にとって都合よく子どもを縛るだけのものであって、子どもには何の権利も与えてはくれないのだと。

あれが欲しい。

これがやりたい。

願い事は、まず、言葉にしなければ何も始まらない。

けれども。叶《かな》うか、叶わないか。それを判断するのは常に大人であって、子どもには永遠にその権利は回ってこない。未成年という名の、庇護《ひご》された子どもには……。

だから、玲二は止めたのだ。大人にとっては都合のいい、扱いやすくて無力な子どものフリをするのを。

母親にはそれがわからない。

我が子は自分の腹から産まれたのだから、当然自分の一部である……とでも思っているのかもしれない。玲二が玲二であることを何も理解しようともせず、ただヒステリックに他人をなじっては自己憐憫《れんびん》に浸るだけの存在《無能者》だった。

『雌』にも『母親』にもなりきれない、どっちつかずの中途半端なだけの『女』……。

父親は結局、『夫』であることより『父親』でいることより、ひとりの『雄』であることを選び取った。

それでも、無能な母親と違って父親としての責任までは放棄しきれなかったのだろう。あるいは、父親よりも雄であることを選んだ後ろめたさに良心の呵責《かしゃく》があったのか。新しい愛の巣に自分という異分子を迎え入れ、そして、雄のまま逝った。再婚相手である運命の女とともに……。

死因は交通事故死という悲惨な最期だったが、ある意味、幸せな結末だったのではないだろうか。死ぬ瞬間まで愛する女と一緒であることを全うできたのだから。

子どもの頃はすべてがただひたすら憎かった。けれども、実母ほどには和也の母親が憎いとは思わなかった。ただ、あの女は最後の最後まで父親の『最愛』だったのだと思い知っただけで。

その最愛の結晶が和也《かずや》だというのなら、生かすにしろ殺すにしろ、その権利があるのは自分だけだと玲二は思った。

何もいらない。

——和也だけが欲しい。

その欲求だけが玲二の真実だった。たとえ、その執着が世間で言うところの禁忌《きんき》だったとしても。

手放せない。

喪《うしな》えない。

唯一の——絆《きずな》。

和也の血を啜《すす》り、その肉を喰らうことでしか癒《いや》せない渇きがある。それを何と呼べばいいのか、玲二にはわからなかったが。

だから、玲二にとってはそれ以外のことなどどうでもよかったのだ。たとえ、それが鼻先にぶら下がった美味《おい》しい餌《えさ》であっても何の興味もなければ関心もなかった。

しかし。明人は最後の最後になって、玲二の目の前で、予想もしていなかったとんでもないジョーカーを切ってみせた。

「では、どうだろう。きちんと形になる見返りと引き換えでなければ嫌だというのなら、こちらもそれなりのものを出す……というのは」

「たとえば?」

「そう……たとえば君も、たぶん君のお兄さんも知らないだろう、高見家の秘密……なんていうのは、どうかな?」

明人の真意を測りかねて眉根を寄せた玲二に、明人は艶《つや》めいた美声で更に言葉を重ねた。

「レイジ君、君は『因縁』という言葉の意味を、その重さを……知っているかな?」

2　一夜明けて

自称レイジの親衛隊長である小池秀次《こいけしゅうじ》と派手にやり合った夜。

ずきずきと痛む身体を引きずってアパートに戻った和也《かずや》は、そのままベッドに倒れ込むなりそれこそ泥のように眠り込んでしまった。

夢を見る余裕もなければ、寝返りを打つこともない。全身で刻む痛みの波動すら、疲労困憊《こんぱい》の果てに襲いかかってくる睡魔の敵ではなかった。

翌朝。いや、正確に言うのなら限りなく夕方に近い午後。

遠く……近く………。

うつら、うつらと……おぼろげに。

やがて。くっきりと、鮮明に。

まるで蜂《はち》の羽音がブーメランのようにわさわさと揺れながら、つきん、つきんと疼《うず》く痛みに蹴《け》り出されるようにして目が覚めたとき。ひりついた喉をもろに刺激するような馨《かぐわ》しいコーヒーの匂いに釣られて、思わず空唾《からつば》を飲み込んだ。

（………あ？）

それがただの夢でも錯覚でもないと気付いた瞬間、腫《は》れぼったい目を無理やりこじ開けた。

玲二《れいじ》が来ているのだと思った。

とっさに、ベッド脇のデジタル時計を見やる。

（ウソ……だろう？）

声にならないため息がもれた。

のろのろと起き上がりかけて、今度はぐっと奥歯を嚙《か》み締めた。身体中のどこもかしこもが引き攣《つ》れて一斉に悲鳴を上げたからだ。

まぶたの裏で火花が散ったような気がした。

痛くて痛くて、まともに声も出なかった。

思わずもれた呻《うめ》きを奥歯で嚙み殺しながら、今更のように思い出した。昨夜の派手な喧嘩沙汰《けんかざた》を。

（何、やってんだ……俺）

後悔先に立たず――とは、こういうことを言うのだろう。

そして、気付いた。トランクス一枚の半裸であることに。

「…………え？」

うろ覚えだが、服を脱いだ記憶がなかった。

頭の中をまさぐりながら辺りを見回し、更に気付く。手に足に引き攣る身体に、きちんと手当てがなされている不思議に。

ふと玲二の顔を思い浮かべて、打ち消す。

ないない。あり得ない。玲二ならば怪我《けが》の手当てよりも和也を叩《たた》き起こして毒舌のマシンガン攻撃だろう。

ほかに誰の顔も思いつかないまま、とりあえずクローゼットの引き出しからTシャツとジョギングパンツを取り出して着た。手を上げるたび、足を動かすたびにそこら中で情けない悲鳴を上げる身体に悪態をつきながら。

重く鈍い足取りでキッチンに出て、和也は唖然《あぜん》と声を呑《の》んで固まった。

野上愛子《のがみあいこ》と久住高志《くずみたかし》というまったく予想もできない二人《カップル》が向き合って、和気藹々《わきあいあい》とコーヒーを飲んでいたからだ。

(なんの冗談？)

和也は身じろぎもしない。

「あ……高見《たかみ》君。起きたりして大丈夫？」

開口一番、愛子が不安げに眉を寄せた。

「やっぱり顔の青アザ……すごいことになってるんだけど」

「なん……で？」

見事に掠《かす》れ上がった声は見慣れないものを見ている驚きというより、からからに渇いた喉のせいだろう。

「昨日のことが気になってしかたがなかったから、朝イチで来てみたのよ。そしたら高見君、ものすごい格好で死んだみたいに眠り込んでるんだもん。どうにかなっちゃったんじゃないかって、もうオロオロしちゃったわよ」

「……だって、鍵《かぎ》が……」

「ドア、開いてたわよ。高見君、そこまで気が回らなかったんじゃないの？　泥だの血だのがこびりついた服のままベッドに倒れ込んでたし。なんかもう、ビックリを通り越して動転しちゃって……」

「……で、彼女が俺に電話をかけて寄越したわけよ」

愛子の言葉を引き継ぐように高志が言った。

「じゃ、これ……おまえが？」

右手の絆創膏《ばんそうこう》に目をやると。

「まぁ、顔やら腹やらけっこうひどいことになってるけど、大事にならなくてよかったよ」

和也はかすかな耳鳴りを感じた。

(見られた……？)

打ち身ではなく、下手な弁解も言い訳も通らない、それと知れる背徳の烙印《らくいん》。薄れてはいるが、ごまかしようのない玲二との情交のあと。

「おまえなぁ、あんまり無茶やらかすなよ。いつもいつもそれだけで済むと思ったら大間違いだぞ。昨日はたまたま運がよかった……だけのことなんだから」

高志はおくびにも出さない。

気付いている？

気付いてない？

それとも、見なかった振り？

たとえ情交のあとがあったとしても、さすがにその相手が玲二だとは思わないだろう。

あれこれ考えると気が滅入ってしまいそうで……とりあえず流す。まったくデリカシーのない玲二と違って、いたって常識人の高志はそこまで突っ込んでこないだろうと思い、和也は深々と息をついた。

「わかってるって。昨日は……ちょっと、さすがにな」

言葉を濁すと、愛子は物言いたげに和也を見やってそっと目を伏せた。

「気持ちはわかる。俺だって無性に酒が飲みたかったからな」

和也、愛子、高志。三者三様の沈黙が重く沈む。それでも、一番先に浮上した愛子が。

「高見君、何か飲む？」

勢いをつけるように立ち上がった。

「それとも、食べる？」

　さすがに食欲はない。

「麦茶だけでいい。喉がからからなんだ」

　愛子が手際よく冷えた麦茶をグラスに注いでいる間に高志が席を立って、今まで自分が座っていた椅子を和也の元に運んでくる。

「座れよ。そのまんまじゃきついだろ？」

「サンキュ」

　高志の気遣いがありがたくて、すんなりとその言葉がついて出る。さすがに立っているだけでもきついというか、今は見栄を張る気力もなかった。

　まるでぎしぎしと関節の軋《きし》みが聞こえてきそうなほどのぎこちなさで椅子に座る。それだけで額にうっすら汗を浮かせる和也に、愛子は心配げに声を細めた。

「ホントに大丈夫？　ベッドで横になってたほうがいいんじゃない？」

「こうなりゃもう、どっちでも同じ。今のとこ、極力動きたくないってだけだな」

　愛子の目は心配げに眇《すが》められたままだった。

　和也はグラスを受け取り、一口、ゆっくり口に含んだ。とたん、小さく顔をしかめた。

　派手な殴り合いで口の中も切れているのだろう。憂さ晴らしの代償は思いのほか高くついたということだ。

ゆっくり時間をかけて、本当にゆっくりとグラスを空にする。最後の一滴まで飲み干してしまうと、ようやく生き返ったような気分になった。

「悪かったな、心配かけて」

高志と愛子、それぞれに目をやってつぶやく。少し熱を持って潤んだ双眸は、だが、弱々しく掠れた声音ほどには脆《もろ》さを感じさせなかった。

愛子は何かを言い出しかけて、そのまま口を噤《つぐ》んだ。それを横目に高志が言った。

「やせ我慢はするなよ、和也。今日はおれが泊まってやる。おまえを飢え死にさせるわけにはいかないからな」

「大丈夫だって」

「どこが？　その様子じゃ一人でトイレに行くのも大変だろうが。間に合わなくて漏《も》らしたらどうすんだ？」

下ネタ絡みの冗談めいた口調に、和也は顔をしかめた。和也と愛子は同じ大学で高志は別大学、同じ大学三年生という気安さがあるとはいえ、愛子と高志が顔を合わせるのはこれが二度目のはずで、それにしては馴染《なじ》みすぎだろうと思わずにはいられない和也であった。

（だから、言い方。野上の前なんだから、ちょっとは気を遣えよ）

それでも、何の悪態も出ないことがすでに『大丈夫』の言葉を裏切っていた。

「……というわけだから。野上さん、安心してくれていいよ？」

「そうね。じゃあ、あたしはこれで帰らせてもらうわ」

「悪かったな、野上。でも、来てくれて助かったよ、ほんと。ありがとな」

心から感謝する。昨夜、野上の前で大見得を切っておいて、思った以上の醜態を晒《さら》してしまったことは赤面ものだったが。

「うん。じゃあ、ね」

愛子がバッグを手に取った、そのとき。それまでの和やかさを掻《か》き乱すかのように、突然ドアが開いて部屋の中を風が抜き抜けた。

和也が。

高志が。

愛子が。

三人揃《そろ》って、爆《は》ぜるように視線を跳ね上げた。

吹き抜けた風が何事もなく霧散してしまっても、三者三様の視線は落ちもせず、そのままそこで凍り付いた。それぞれが違った色を刷いて。

言葉もなく、同じ一点を見つめるだけの沈黙。

その三対の目をひとつひとつ見据えてドアを閉めると、玲二が言った。

「何やってんだ、おまえら」

ありありとした不快さを眦《まなじり》に込めたまま。高志を、いや……愛子をことさらに威嚇《いかく》するか

のように。

返事は——ない。まさか、いきなり玲二が現れるとは思ってもみなかったからだ。虚を突かれて狼狽《うろた》えるというよりはむしろ、声を呑んで思わず固まってしまった。それが正しい。和也にしてみれば、マジで最悪……だった。

冷ややかに返す目で、今度はじっとりと和也を凝視した。

「どうしたんだ、それ」

「喧嘩だ」

今更隠しようもなくて、ことさら平坦な声で口にする。

「誰と？」

低くこもる声音を、玲二は更に冷たく絞り上げた。

「おまえには関係ない」

絡みつく視線ごと、ピシャリと叩き落とした。それだけで部屋の大気がピリピリと不穏に張り詰めていくようだった。

「なんで、あんたがここにいるんだ？」

刺すような視線を向けられても、愛子は目を逸らさなかった。

「あんたには関係ないわ」

和也と寸分変わらない台詞《せりふ》を口にする。

玲二は身じろぎもしない。愛子を見据えた双眸のきつさはそのままに、

「高志ッ」

鋭利な声で高志の名前を呼ぶ。

「おれに聞くなよ。おれはただのオブザーバーだからな。和也がおまえには関係ないって言ってんだから、そうなんだろ」

高志のポーカーフェイスは崩れない。よけいな口出しは無用というより、迂闊《うかつ》に変なことは言えないと自戒している口ぶりだった。

三人が三人ともに口を揃えて玲二を拒否する疎外感。それが玲二の何を煽ったのか。それとも、和也に対する半端でない執着心がその言葉を吐かせたのか。

「なに？　あんた、麻美《あさみ》の後釜でも狙《ねら》ってんのか？」

とたん、ピンと張り詰めたものに火花が散るようにびりびりと感電した。

愛子に対して痛烈な罵倒《ばとう》にも等しいその言い様に。

「玲二。おま……何を言ってんだッ」

声を荒らげて和也が詰《なじ》る。

そんなことなど歯牙《しが》にもかけず、玲二はなおも抉《えぐ》り出す。愛子の女としてのプライドを逆撫《さかな》でするかのように。

「いい根性してるよな。けど、そうそう棚からぼた餅《もち》は転がってこないぜ？　修羅場が恐くて

イイ女ぶってるだけの女にはな」

「女を、ただのオナニー・マシーンとしか見てないあんたに比べたら、ずいぶんマシだと思うけど?」

冷え冷えとした口調で愛子が切り返す。

「きっつい女だな。もっと可愛《かわい》げのある振りでもしなきゃ男は寄ってこないぜ? あんた、セックスしてもまだ一回もイッたことがないだろ」

「玲二ッ!」

たまりかねて和也が怒鳴る。

愛子は無言で玲二を睨《にら》みつけたままだった。

「腰が抜けるまで、俺がイかせてやろうか? そうすりゃ少しは世間が変わるぜ。麻美みたいにな」

かすかに吊《つ》り上がりぎみの唇から毒にまみれた忍び笑いがもれる。

その気になれば女のプライドなど根こそぎ削り取ってやれるのだと言わんばかりの傲慢《ごうまん》さだった。

「けっこうよッ。そんな暇があるんだったら、自分のフンの始末くらいちゃんとやったらどうなの? あんたがそんなだから、何を勘違いしてるんだか、バカな取り巻きのフンが付け上がるのよ。ホント、高見君もいい迷惑だわよッ」

瞬間、ひやりとした沈黙が走った。それを口走った愛子ですら、玲二がまとう色が目に見えて変質したのがわかったのか、束の間《つかのま》息を呑んだ。

「どういうことだ?」

唸《うな》るように低く玲二が問いただす。愛子にではなく、その目も言葉も、今は和也一人に固定されたままだった。

「和也!」

声音のきつさに青白いプラズマが走る。

和也は目配せをするように高志を見やった。

「悪いけど、おまえ……野上を駅まで送ってやってくれよ」

無言のまま、頷《うなず》きもせずに高志が愛子に歩み寄る。

愛子はちらりと和也を流し見て、和也が軽く頷き返すとそのまま高志と部屋を出て行った。

二人を見送って、和也は正面切って玲二を見据えた。……が、それよりも早く荒々しく和也に歩み寄ると、玲二はその胸ぐらを摑《つか》み上げた。

「シュージか?」

「だったら、なんだ。これは俺とあいつの喧嘩だ。おまえは関係ない」

「なら、あの女はどうなんだ? 麻美のオマケが、なんだってこんなところであんな大きな顔をしてやがるんだ? 高志まで引きずり込んで俺だけが蚊帳の外かよ」

「そうだ」

いっそきっぱりと言ってのける。

「俺は何もかも全部ひっくるめて……すべてをおまえと共有する気はないって、言ってるだろうが。おまえだって、俺の知らないところで好き勝手にやってるはずだ。だったら、俺のことだけうるさく干渉するんじゃねーよ」

「シュージと派手にやり合って、頭のネジが一本切れちまったようだな。手も口も出すな、だぁ？　今更、何を寝ぼけてやがるんだ。俺はなぁ……」

「いいから、聞けよッ」

なおも言い募ろうとする玲二の口を塞《ふさ》いでしまいたくて、和也は声を荒らげた。

「聞けよ、玲二。もっと早く……腹を割って話し合うべきだったんだ、俺たちは」

つくづく思う。本当に今更だったが。

「けど、俺たちの出会いにしてからが最悪だったんだよな。始まりがそうだったから、最初のボタンを掛け違えてしまったから、あとはもうどんどんズレまくりになっちまった」

そうなってしまった理由を挙げれば切りがない。今更『たら・れば』の話をしてもしょうがないが、悔いは残る。それすらもが和也の思い上がりだったりするのかもしれないが。

「このままじゃ、俺たちは腐ってしまう。だから、言えよ。はっきり、今ここで。おまえ、ほんとは何をどうしたいんだ？　俺に、何をさせたいんだ？」

真摯《しんし》に問いかける。今ここで踏ん張らなければ、二度と、玲二の本音が聞けないような気がした。

ほんの間近で絡み合う視線。まばたきもせずに凝視する互いの双眸に映し出されるのは対照的な沈黙だった。

「わかってねぇな、おまえ」

嘯《うそぶ》くように玲二がもらす。和也の吐息を搦《から》め捕《と》らんばかりに唇を寄せて。

「俺が何をしたいかって？　そんなの決まってるだろうが。おまえを喰らいたいだけだ」

熱のこもらないトーンで和也を呪縛《じゅばく》する。

「ガキの頃はただ憎いだけだった。自慢の親父像をこっぱみじんにブチ壊してくれた、おまえたち親子がな。なんの力も権利もないガキにできることといったら人を憎むことだけだ。そうだろ？」

否定はしない。

だが——共感もしない。選択肢はほかにもあったはずだからだ。親の離婚で傷ついた子どもがみな玲二のようになるわけではない。

「それでも、俺は運がよかったんだよな。そういう対象がいればそれなりに生きていく張りがあったし。それに、親父とおまえの母親があっさりあの世に逝っちまったおかげで、誰にも気兼ねしないでおまえとやれる。おまえとのセックスは血の味がする。親父が俺に残してくれた血の味だ。おまえの肉を噛んで、おまえの血を啜って……おまえの中に思いっきりブチまけたときだけ、俺はホントに生きてるって気がする」

言っていることは倒錯以外の何物でもないのに、なぜか刹那《せつな》的な感情の吐露を感じた。

「そうやって俺を喰らい尽くして、それから、おまえはどうする？」

「どうもしやしねぇさ。んなこと、考えたこともない。俺はただ死ぬまでおまえにむしゃぶりついていたいだけだ。おまえは、親父が俺に残してくれたたったひとつの遺産だからな」

なんの嫌味もこもらない、不思議に冴《さ》え冴《ざ》えとした口調だった。

束の間、和也は錯覚しそうになる。もしかして、玲二の歪《ゆが》んだ執着は子どもの頃に与えられなかった物を和也に肩代わりさせようとしているだけなのではないかと。

「だから何があっても、誰が何を言おうと、おまえがどんなに嫌がろうと、俺は絶対におまえから離れてやらねぇ。俺は『歩く非常識』らしいからな。その分、おまえがまっとうな常識人をやってるからバランスは取れてるよな？　和也、俺はおまえの髪の毛一本、他人にくれてやるつもりはねぇからな」

タチの悪い冗談だとは思わなかった。あからさまな揶揄《やゆ》でもなければ、たっぷり毒を塗《ぬ》り込めたような皮肉でもない。それがまぎれもない玲二の本音なのだと、嫌というほど実感させられた。

息を詰めた沈黙が痛かった。

絡み合う視線は痺《しび》れるような熱を孕《はら》んだまま外れない。

それでも。身体の節々で疼く痛みが最後の最後で和也の歯止めになってくれた。

それすら、玲二は力でねじ伏せようとする。

「やめ、ろッ」

引き攣る痛みをこらえながらじたばたと和也が足掻《あが》く。

「真っ昼間から……何、考えて…ンだよ」

片手ひとつで難なく押さえ込まれる恐怖。身体の隅々にまで刷り込まれた怖じ気《おけ》。それは遠慮もためらいもなく股間《こかん》に差し込まれた手が直に和也に触れたとたん、更に倍加した。

「やめ……ろ。た…高志が戻って……く、る」

「だから？　なんだよ？」

こともなげに返される言葉。

和也は瞬時に青ざめる。玲二ならば本当にやりかねない気がして、詰めた息が凍り付くような気がした。

「なぁ高志、そうだろ？　駅まで行ったにしちゃあ戻ってくるのがちょっと早すぎるだろ」

追い打ちをかけるようにうっそりと玲二が嗤った。

「タチの悪い冗談はそれくらいにしとけ」

全身を硬直させたまま、爆《は》ぜるように和也の視線がそこに突き刺さる。

いつもの高志らしくないきつい眼差《まなざ》しは玲二を見据えたきり外れなかった。

「今更だろ？　少しは気を利かせろよ。溜《た》まってんだ、俺」

玲二が喉で笑う。

「見たいっていうんなら、それはそれで構やしないけどな」

あからさまに高志を挑発しながら、玲二はなおも和也をいたぶろうとする。和也の顔面は蒼《そう》白《はく》だった。

「玲二ッ。おまえ、いいかげんにしろッ」

さすがの高志もついに声を荒らげた。和也が初めて聞く、腹の底からの怒鳴り声だった。いつもの軽妙洒脱《しゃだつ》さなど欠片《かけら》もない。高志と玲二は従兄弟《いとこ》である。それが高見の血筋の証《あかし》なのか、内封された圧は玲二が持つそれとなんら変わらなかった。

それが潮時だと思ったのか。それとも、初めから高志を挑発するだけのつもりだったのか。すんなり和也から手を放すなり冷笑した。

「和也、高志の前だからって別に気取るこたぁないんだぜ。こいつはなぁ……」

その言葉尻に被《かぶ》せるように高志が怒鳴った。

「玲二、少しは黙ってろ！」

常識人の枷《かせ》を思うさま蹴り倒した高志の険悪な顔つきなど、玲二にとってもめったに拝める代物ではなかったのだろう。あるいは、高志の臨界点を熟知しているのか。玲二にしては珍しくシニカルに唇をめくり上げたまま口を閉じた。

「きもち……悪い。吐き、そうだ」

苦虫を噛み潰《つぶ》したような顔つきの高志が玲二の腕の中から引ったくるように和也を抱える。高志に支えられてまるで油の切れかかったロボットみたいに頼りない足でトイレにやって来ると、和也は腕に絡みついていた高志の手を剝ぎ取るような激しさで便器に顔を突っ込んだ。

込み上げる吐き気が収まらない。

どろどろと胃壁を擦《こす》り上げるような、なんとも言えない不快感。ぞくぞくと背中に這い寄る悪寒。感情が追いつかずに両腕に鳥肌が立った。

吐くだけ吐いて、ようやく和也は顔を上げた。

つんと鼻を突く異臭。トイレのコックをひねって洗い流す。

それから洗面所で口をすすぎ、左手の甲でぎこちなくその滴を拭《ぬぐ》う。

肉を抉られるような痛みとは別の痛みがあった。ひどい耳鳴りがした。頭の中に音叉《おんさ》をブチ込まれたような鈍痛だった。

そのまま立っているとこめかみを打ち据える鼓動に足下まで掬われるような気がして、和也は洗面台の端を両手できつく摑んだ。

上目遣いに覗《のぞ》く、鏡の中のもう一人の自分。

ひどい顔だった。

目の縁の青痣《あおあざ》がではない。切れて腫れ上がった唇が、でもない。

鏡の中の青ざめた顔はまるで見知らぬ他人のようだった。秀次と殴り合ったからではない。高志に見られたというショックで何かがブチリと切れたような気がした。

タチの悪い冗談だと高志は言った。

高志がいると知って、玲二は故意に行為に及ぼうとしたのではないか？ ただの悪ふざけではないと知っていたからこそ、高志はあえて『冗談』としてケリをつけようとしたのではないか。

「いつ、からだ？」

身じろぎもせず、鏡に向かってつぶやく。まともに正面切って問い質す度胸のなさを呪《のろ》いながら、それでもはっきりと確かめずにはいられなくて。

鏡の中――背後の高志は唇を引き絞ったままだ。何をどこまで語るべきなのかを思考している顔だった。

そこには蔑《さげす》みも、同情もない。そんな高志の真摯な顔つきが今の和也にとっては唯一の救いだった。

「いつ気付いたんだ？　……今朝か？」

「――いや」

「じゃ……俺に、玲二を連れてこいって、電話を寄越したあと……か？」

「——前だ」

こくりと、和也の喉が鳴った。

「知って……る、のか？」

鏡から目を逸らすことができず、食い入るように凝視する。

「玲二が連絡を寄越した」

ひくひくと唇の端が小刻みに震え出すのを止めることができなかった。

「あのバカヤローも、さすがに切羽詰まったんだろ。真夜中に遠慮もなくおれを叩き起こすくらいにはな」

「…………」

もらす吐息が死にたくなるほど重かった。

込み上げる息苦しさに、だが、何も言えないまま肩を落とす。『最悪』の二文字を噛みしめながら……。

「おまえは……」

思わずつぶやきかけて口を噤む。今更、高志に何を問い質すつもりだったのか。自分でもよくわからなくて。

痛みは、言葉にすれば更に疼くだろう。

だったら、何も好き好んで自分から傷を抉ってみせることはないのではないか。

「和也。おれはこうなった言い訳はしないし、それで……おまえたちのことにあれこれ口を挟むつもりもない。ただ……あんまり役には立たないかもしれないけど、おれは、おまえのための非常口ぐらいにはなってやれるはずだ。だから、一人で溜め込むなよ?」

それが高志の精一杯なのだろう。玲二の性格を知り尽くした上で、言葉を選びつつ和也の心情を思いやってくれる。だからといって、素直に頷いてしまえるほど事は単純にできてもいなかったが。

——と。後方から苛立《いらだ》たしげな声が飛んできた。

「高志。よけいな入れ知恵するんじゃねぇよ。俺はそこまでおまえに借りを作った覚えはないからな。和也には俺専用の表玄関ひとつあればいいんだ。裏口だの非常口だの、そんなケタクソ悪いもんはいらねぇんだよ」

執着する。

固執する。

餓えるほどに渇望する。

和也自身はなりふり構わず他人に熱くなった覚えもなければ、積極的に関わりたいと思ったこともない。逆に、これほどまでに激しく執着されたことなど一度もない。

いったい自分の何が、どこが、どんなふうに玲二を突き刺したのか。

(やっぱり、血……なのか?)

和也と玲二が本当に異母兄弟なのかもわからないのに？

まるっきりの赤の他人だったとしたら——この不毛な関係も終わるのか？

（…………ホントに？）

玲二のそれは、執着と言うよりはむしろ歪んで凝り固まった妄念《もうねん》に近い。

麻美を弾き出し、高志まで引きずり込んで、この先どこまで落ちていくのか。和也には見当もつかなかった。

3　日常の一コマ

高層ビルが林立する新宿。

そのビル群の中に埋もれるように建っている桂ライフ・ビルディング最上階。

オーナーである森島明人《もりしまあきと》のプライベート・ルーム。

「本名、高見玲二《たかみれいじ》……ねぇ」

一見して隠し撮りだと知れるその写真を大して興味もなさそうに指で弾《はじ》くと、シックで落ち着きのある部屋にはそぐわない、濃紺のスカジャンにキャップ、ダメージジーンズというピーキーすぎる格好のエッジは深々と椅子にもたれた上体だけをわずかに揺らし、クリスタルの大皿にたっぷり盛られたフルーツに手を伸ばしてリンゴを摑んだ。

「まっ『アモーラル』じゃどこの何様なんて、まったく関係ないけど。レイジのあのキャラでギリ十代なんて、ホント詐欺もいいとこだよな」

たっぷりのスペースを持った南向きの部屋で、明人は遅めの昼食を摂っていた。リモート会議が予定外に長引いてしまったからだ。

明人を待っている間にエッジはさっさと自分の分は食べてしまったわけだが、明人がそれを咎《とが》めることはなかった。エッジもそれを許容されているという自負と気安さがあり、二人の関係性を象徴していた。

「あんた、本気なのか？」

「今まで、冗談でおまえを呼びつけたことがあったか？」

最上階のプライベート・ルームに入室を許されているのは限られた人間だけである。そのうちの一人がエッジだった。

「俺が聞いてるのは、なんでレイジなのかってことだよ」

「あれはカリスマ……だからな」

「あんたがそれを言うのかよ？」

口調はそのままに、トーンだけがわずかに沈む。

「おれだから言えるのさ」

普段の明人は『私』遣いだが、相手が気のおけないエッジだと素に戻る。口調もすっかり砕けていた。それだけ、お互いの付き合いも長いというわけだ。年齢的には明人のほうが上になるが。年齢差が二人を隔てる壁にはならなかった。

「……なるほど。カリスマはカリスマを知るってか。レイジも見込まれたもんだねぇ」

口先だけの賛辞をもらして無造作にリンゴに齧《かじ》りつく。

「いや、あれは。もっとずっと強烈だな。鼻先にニンジンをぶら下げても見向きもしない。ただのポーズなら落とすのも楽だが、やっぱり一筋縄ではいかないようだ。物欲にも権欲にもいっさい関心がないらしい」

果肉の歯触りを楽しむでもなく、ほのかに匂う香ばしさを味わうでもなく、ただガツガツとリンゴを芯《しん》に剝いてしまうと、エッジは取り皿に置いた。

「詰まるところ、性欲だけってことか」

その言い様があまりにエッジらしくて、明人は思わず苦笑した。

「まぁ、自他ともに認める『タラシ』ではあるな。もっとも、その道のプロにはなれそうもないが」

女に貢がせる『ジゴロ』のタイプには二通りある。

ドラッグと暴力で雁字搦《がんじがら》めにして女を骨と皮に毟《むし》り上げる暴君と。女の虚栄心と嫉妬《しっと》を逆手にとってひたすら甘く狡《ずる》く、骨までしゃぶりつくす詐欺師。

その一方で、精神的にも肉体的にも満たしてくれる『運命の男』という幻想にすがって際限なく貢ぎたがる女がいる。一時の夢が掻き消えてしまわないように、ときには身体を張り命を削ってまで。

そこにあるのは愛ではなく依存である。依存は執着という名の中毒性のある劇薬である。深みに嵌《は》まれば抜け出せなくなる。最後は修羅場……と相場は決まっている。

夜の歓楽街が特別なのではない。そんな光景など日常のどこにでも転がっている。それこそ掃いて捨てるほどに。

だが、レイジは違う。セックスはセックスとして、それ以上の何にも執着しない。

だから、女は競ってレイジと寝たがるのかもしれない。後腐れのない愛欲《セックス》を楽しむためだけに。誰にも熱くならない玲二にとってはただの排泄《はいせつ》行為なのかもしれないが。

そういう意味においては、まさに、レイジは女が望む理想の『ジゴロ』なのかもしれない。

女に対して何も求めない、束縛もしない、その場限りのセックス・プレイ。一夜の情事として、暗黙のルールを踏み外してしまわない限りは。

「当然だろ。面とガタイの良さに騙《だま》されてサカっているのはノーテンキな雌猫だけだ。身体を張って稼いでるお姉様方は金にも男にもすげーシビアだぜ。ま、モテない男が唾《つば》を飛ばして何をがなり立てても負け犬の遠吠《とおぼ》えだろうけどな」

辛辣にはならない素っ気なさで、エッジが言う。

「レイジにとってセックスは相手がいるだけのマスターベーションにすぎないだろうがな」

「まるでその目で見てきたようなことを言うんだな」

「たとえ誰に見られたところで、レイジは眉ひとつひそめはしないだろうさ。まぁ、そのくらいでなければ『ダークマター』のホストなど務まりはしないだろうがな」

「だから、レイジなのか？」

「そう……。レイジほど美しくセクシャルなエゴイストはそうそういない。半端じゃないカリスマだよ、あれは。ふと気付いたときには、もう囚《とら》われている。そのくせ、本人は何にも執着しないのだからな。『ダークマター』のメンバーたちは競ってレイジの関心を惹《ひ》こうとするはずだ」

「そういうのって、本末転倒って言うんじゃ？」

本来、ホストは客をもてなす側だろう。なのに客に傅《かしず》かれてどうするんだ？ ……と言わんばかりだった。

「金にも物にも釣られないあの目を、あの唇を、あの身体を、自分のためだけに繋《つな》ぎ止めておきたいと渇望するだろう」

「そうか？ あんな、素でゴーマンかましてる男について行ける奴はそうそういないと思うけど？」

「なんの作為も計算もされていない尊大さがいいんだよ」

「まぁ、たで食う虫も好き好きだからな」

先ほどから辛辣なことしか言わないエッジに、明人はわずかに苦笑をもらす。

「どんな人間でも何かに突き動かされたときには隙ができる。飢えさせて、餓えさせて、そして一番欲しいものを鼻先にぶら下げてやる。それで仕事はずいぶんやりやすくなる」

淡々と吐き出される言葉には何の熱もこもらない。ユニセックスめいた容貌を裏切って余りある、それが森島明人という人間だった。

「なら、高見和也《かずや》はなんだ？」

高見兄弟の身上調査は終わった。外から眺めているだけではわからないことが、報告書には詳細に書き綴《つづ》られてあった。その生い立ちからして、兄弟ともにハードモードである。まぁ、エッジ的には『だから、どうした？』というスタンスであったが。

「彼は歯止めだ。高見玲二が『ダークマター』のレイジであり続けるためのな」

「世間様の常識もモラルも平然とした顔で踏み潰していくようなエゴイストに、そんなモノが必要だって、あんた、本気でそう思ってるわけ？」

「『ダークマター』のレイジにはカリスマ以外のものは何もいらない。だが、高見玲二に戻れば話は別だ。その報告書に詳しく書いてあっただろ」

「別に興味はないね。レイジにも、高見和也にも。俺はただ、あんたの本音がどこにあるのか……きちんと知っておきたいだけだ」

「だから、本音で話してる」

明人とエッジの間で、かすかに沈黙が捩《よじ》れた。二人が求めるものには明確な齟齬《そご》があった。だからといって、それが亀裂になることはなかった。明人とエッジの間には、他人にはわからない信頼関係があるからだ。

「おれはどうでもレイジが欲しい。森島産業の足下をもっと強固なものにするにはそれに見合うだけの『顔《イメージ》』が必要なんだ。『森島明人』の名前が翳《かす》んでしまうくらいの半端でない個性が。昔は昔、今は今。世間は分刻みで変わっていく。その時代に見合うスタンスで歩けない者は生き残れないということだ」

存外強い口調で明人は本音をもらす。相手がエッジだからだ。

「それでなくても『森島』は過去の負債という厄介物を抱えていることだしな。不要な下生えは刈り取って少しは違った風を入れてやらなければ育つ物も育たなくなる」

綺麗事《きれいごと》だけでは社会は回っていかない。だからといって昔のやり方はもはや通用しない。

今や『任侠《にんきょう》』という言葉自体が死語……いや化石である。外国系や半グレ集団らに押されて締め付けの厳しい組員になり手がない。――という建前をアピールするしかないご時世であった。

「じゃあ、高見和也はレイジのための捨て石……でいいんだな?」

くっきりと揺らがない声でエッジは念を押した。

「捨て石じゃない。歯止めだ」

さりげなく明人が釘《くぎ》を刺す。

エッジは片頬で嗤った。

「言葉ってのは上手《うま》くできてるよな。言い方ひとつで天国と地獄だぜ。ま、どっちにしろ貧乏くじを引かされるのに変わりはないけど。でも、やっぱり気になるわけだ。一応、血が繋がっているかもしれない……とか思うとさ」

挑発的な皮肉にも明人は揺らがなかった。

「そうじゃない。おれが高見和也に求めているのは感傷ではなく、高見玲二が『ダークマター』のレイジであるための歯止めだ。今度のことは、金鉱脈を探していたら偶然温泉を掘り当てた……みたいなものだからな。狙いはあくまで金鉱《レイジ》で、温泉《高見和也》はただのオマケだ」

明人の口調は崩れない。淀《よど》みのない言葉は揺らがない決意の表れでもあった。

「森島忍《しのぶ》は最低最悪のクズだった。男としても、父親としても、あー……それ以前に人間としてもな。今更あんなクズのことは思い出したくもないというのが嘘偽《うそいつわ》りのない本音だ。その名前を聞いただけで、いまだに背中の傷が痙攣《ひきつけ》を起こしそうだ」

本当に品性の欠片もない、どうしようもないクズ人間だった。まるでケダモノ……を地で行く男だった。最後は女に滅多刺しにされたが、誰も悲しむ者などいなかった。むしろ、ほっと安堵《あんど》したかもしれない。『森島の鬼子』がこの世から永遠に消え去ったことに。

忍の異母姉二人は、森島の籍には入っていない。それなりにまともに育った……とはいえ結局、どこに逃げても『森島』の血の呪縛からは逃れられないのだと思い知ってからはいっそ開き直ってしまったようだ。とにかく異母弟《忍》のことは心底毛嫌いしていたらしく、その息子である明人とは絶縁状態にある。それはそれで、明人的には何の不都合もなかったが。

「彼のためにもそういう男の血を分け合っていないことを神に祈りたい心境だよ」

まぎれもない本音である。

「だから、駆け引きの手段としてならそれなりに利用はするが、それで情に流されることはないし、自分からふれて歩く気もない。そういうことだ。――それでは不足か?」

「いいや、あんたがそれで構わないのなら俺に異存はねーよ。さっきから言ってるだろ。俺はあんたの本音を知っておきたいだけだって」

「エッジ。おれはおまえに二枚舌を使う気はないし、だからといって、それでおまえを縛るつもりもない」

真摯に口にする。

「あー。だから俺は、あんたの犬でいい」

きっぱりと宣言する。揺らがない意思を込めて。

「あんたが白と言えば白で、黒がいいって言うならそれを黒に塗り替えてやる。たとえ、それが世間の常識からはみ出していることでもな。今更生き方を変えるつもりはねーよ。最後の最後まで、俺はあんたに付いていくだけだ」

斜に構えるでなく、すかすでなく、エッジの口からすんなりとその言葉が出た。

「……で? 何からやる?」

「そうだな。まずはレイジの親衛隊を潰してもらおうか。レイジ伝説はもう充分だ。そろそろ連中の存在も鼻について来たことだしな。足枷にならないうちに消えてもらおう」

「なら『サイファ』でやる。派手にな」

明人が『サイファ』というチームを飼っているのではない。ハグレ者をまとめ上げてチームにした、謂《い》わば行き場のない連中の拠り所にしたのはリーダーであるエッジである。ゆえに結束は固い。

「ちょうど面白いネタも転がっていることだし。ついでに、そのまま和也を取り込んでしまうのも悪くない。レイジの兄貴か、あんたの弟か。どっちに転んでも凡人じゃいられないぜ」

エッジは不遜に嗤った。

§　§　§

K大、キャンパス内。

綺麗に晴れ上がった青空に一筋の飛行機雲が映える。

真夏のゼミをうんざりするほど暑苦しくしてくれた蟬時雨《せみしぐれ》も、今は遠い。こんもりと茂る樹木を抜けて吹く風にも、ようやく秋の気配が漂いはじめていた。

この日。唯一の二限目の講義を取り終えて、和也はゆったりした足取りで中庭を横切り、裏門へと向かった。

芝生の上で弁当を広げる者。

木陰で寝そべったまま読書している者。

ヘッドフォンから流れているだろう音楽に合わせて身体を揺すっている者。

午後の過ごし方は十人十色だ。

それでも。和也とすれ違う者は一様に目を瞠《みは》り、あわてて視線を逸らす。まるで、見てはならないものをうっかり目にしてしまっただけなのだとでも言いたげなぎこちなさで。

顔の青アザが引かないまま和也は歩いていく。何事もなかったような顔で、いつもよりは猫背ぎみに幾分重い足取りで。できれば昨日と同じように部屋の中で養生したかったが、どうしても落とせない講義があったので出てこないわけにはいかなかったのだ。

すると。

「オーイ、高見ィ」

聞き覚えのある、けれどもこんな場所で聞けるはずのない独特のイントネーションが高く弾んで、和也の歩みを阻んだ。

空耳のはずがない。

そう思いながら視線を巡らせると、ようやく視点が合った向こうから中学時代のクラスメートである真田《さなだ》修平《しゅうへい》が駆け寄ってきた。

ちなみに、真田はK大生ではなくW大生である。

真田は和也の顔をまじまじと見て、何とも言い難い顔をした。

「なに？　どうしたんだ、おまえ」

昏にかすかな苦笑を這わせ、和也が先に声をかける。

「お、おう。秋公演のチケットをさばきにな」

真田は高校時代から演劇に入れ込んでいる。大学生になってからはセミプロ劇団の研究生になった、らしい。一応、親との約束で大学はきちんと卒業するつもりだと言っていたが、就活はしないでそのまま演劇の道に進むのだろう。

「野上《のがみ》に声をかけたら興味あるみたいだったからさ」

「へぇー、そうなんだ」

「ウチの劇団のイケメン先輩が声優も兼ねてるんだけど、その人、テレビアニメの準レギュラーやってて、今けっこうネットとかでバズっててさ。おかげでチケットの捌《は》けもいいんだ」

「もしかして、野上もその人の推し？」

「いや、野上の友達が熱烈に嵌まってるらしい。で、なんとかチケットが取れないかってメールもらってさ」

意外な繋がりである。

「ンで、久しぶりだからチケットを手渡しするついでにメシでも食おうかって話になって」

「何時に？」

「二時に『いろどり』で」

『いろどり』はK大近くにある小洒落たイタリアンレストランである。イタリアンなのに、どうして『いろどり』なんて和名なのかは知らないが。

「まだけっこう時間があるけど?」

「や、ついでに他所様のキャンパス気分を味わってみようかと。早めに出てきたおかげで高見にも会えてラッキーって思ってたんだけど」

少しだけ言い淀んで、上目遣いに和也を見た。

「ひっどい顔だな」

「ちょっと、な」

「やっぱ……弟絡み?」

「いや、別口」

そこだけはいっそきっぱり否定する。

真田は深々と息をついた。

以前玲二ともめたときに、一時真田のアパートに緊急避難というか、居候をさせてもらったことがあった。中学時代の友人たちは和也と玲二の確執を知っていて、いろいろ心配してくれているのだった。

「悪かったな。よけいな心配させて」

「だったら、別にいいんだ。おれもちょっと気になってたもんだから、つい……な。弟のほうはうまく片付いたのか？」

「まぁ、それなりに？　結局、なるようにしかならないってことかもな」

軽いため息にも似たつぶやきは、苦渋も自嘲《じちょう》もこもらない代わりに妙にヒビ割れていた。

「おまえさ、悪い癖だぜ。そうやって一人で何でも溜め込むなって」

かすかに双眸をすがめて真田がぼそりともらす。

「そのためにおれたちがいるんだろうが。まぁ肝心なとこであんまり役に立ってないような気もするけど。それでも、ないよりゃマシだろ？」

「いや……助かってるぞ、ホントに」

本心である。高志流に言うなら、ワンポイント・シェルターだろうか。

「――なら、いいけど」

そう言ったきり、真田はそれ以上の詮索をしようともしない。喜怒哀楽の狭間《はざま》で揺れた中学時代の友人たちは、そこらへんの事情に通じているせいか、出す口とその引き際を妙に心得ていた。

「おまえは居直っちまうと、ときどき平気な顔で大ウソ吐くからなあ」

真田が何気なくもらしたその台詞を愛子《あいこ》にも言われたことを思い出して、和也は苦虫を噛み潰したように目を伏せた。

真田修平と別れてからいったんアパートの自室にもどった和也は、それから二時間ほどの仮眠を取った。

いいや。眠るつもりなどなかったのにベッドにもたれてスマホで漫画を見ているうちにいつの間にか寝落ちしてしまったのだ。

バイトの一時間前にスマホのアラームをセットしておかなかったら、それこそそのまま爆睡していたかもしれない。

午後五時を回る少し前。

和也は三日ぶりにバイクを飛ばしてアルバイト先であるファミリー・レストラン『パルナル』にやってきた。バイクはスタッフ専用の駐輪場に止めて裏手にある荷物搬入口から入る。

街中から少し外れたバイパス線にある『パルナル』は、同じ並びにゲーム・センターや大型薬局店、信号を挟んだ向かい側にうどんのチェーン店とハンバーガー・ショップという利点に恵まれているせいか、一日を通して客足が途切れない。

制服に着替えてロッカールームを出たところでチーフの花井《はない》に出くわした。

花井は和也の顔を見るなりギョッと目を瞠った。そして、ひとしきりマジマジと見遣ってから言った。

「どしたの、それ……」

「いや、ちょっと……派手に転んじゃって」

苦しい言い訳である。

花井は『すぐにバレるような嘘は言うな』とでも言いたげに眉をひそめて。

「じゃあ、今日はホールじゃなくて裏方に回ってもらおうかな。さすがにその顔じゃな。お客様に不快感を与えちゃったらマズいでしょ」

「……すみません」

素直に頭を下げておく。ホールはいつもぎりぎりの人数で回しているので、ほかのスタッフに迷惑をかけてしまうのが申し訳ない。

ホールスタッフの皆には。

「高見君も見かけによらず熱血するタイプだったんだねぇ」

「いきなりのシフト・チェンジの理由がそれかぁ」

「うわぁ、見るからに痛そう。大丈夫なの？」

「それって、マジでヤバいでしょ」

あれこれ言われたが、和也は『迷惑かけてすみません』を連発するよりほかになかった。

それでも、午後七時のピーク時には、さすがに手が足りなくなってきたのか。

「高見君、出て」

一声かけて、花井は返事も待たずにあわただしく顔を引っ込めた。

注文はタブレット方式でまだマシだったが、和也がトレイを持ってホールに出たとたん、ざわついていた店内が束の間静まり返った。

皆がガン見する。『何、あれ？』的な顔つきで。

注目を浴びるのはしかたがないといっそ開き直ってホールを無表情に歩き回る。接客の基本はスマートな笑顔だが、今の和也が笑顔を振りまいてもかえって不気味なだけだろう。

それがよけいに客の注目を浴びてしまうのだが、いたしかたない——心境だった。

§　§　§

午後九時近く。

車道の騒音を上書きするようなマフラー音を響かせてオートバイの集団がファミレスの駐車場に止まった。

「本当にここにいるのか？」

フルフェイスのバイザーを上げて、リーダーらしき男が言った。

「間違いないっす」

「確かめてこい」

命令することに慣れた口調だった。

バイクの後列にいた男がスマホを片手にそこに写った写真を確認して、足早に店内に入る。

それからほどなくして、男が出てきた。

「いました。あいつです」

「ここが終わるのは何時だ？」

「十一時です」

「けっこう時間があるな。じゃあ、おまえら、それまで適当に時間を潰してこい」

リーダーが告げると、誰も異を唱えることなくオートバイは爆音をたてて散っていった。

§　§　§

午前零時四十分。

ファミレス店のナイト・スタッフが、口々に挨拶を交わしながら搬入口から出てくる。

「お疲れさまぁ」

「どうもでーす」

「お先ぃ……」

「失礼しまーす」

和也はスタッフ専用の駐輪場の一番奥までゆっくり歩き、そして足を止めた。

「おまえら、なんか用でもあるのか？」

振り向きざま、その言葉を闇に投げつける。いつもの和也らしくないぞんざいさで。

店内の最終オーダーが終わってクローズしてもバイクの集団が駐車場で屯《たむろ》っているからなんだか不気味だとスタッフの間で囁《ささや》かれていた。夜の車道を爆走する暴走族かもしれないと思ったら、さすがに不安にもなる。最近では町中で傍迷惑な騒音をまき散らして集団で暴走する連中はめっきりへったが、深夜の郊外ではたまに出るらしい。

店の明かりが落ちた駐車場はかなり暗い。周辺の店の営業時間も終わって、併設された数台の自動販売機と防犯用の街灯だけが闇にくっきり浮かび上がっている。

和也の問いかけに、暗闇に紛《まぎ》れてぞろぞろと這い出てきた影は五つ。全員の顔をはっきり認識することはできなかったが、先頭にいる男の顔だけは街灯の明かりでかろうじて確認することができた。顔つきは二十代後半あたりで、茶髪に紫のメッシュが入った男だった。

「何の用かって、聞いてんだよ」

声を落とし、見据える。

一定の距離を保ったまま、彼らは動かない。今のところそれ以上のリアクションはなさそうだったが、どっちにしても、暗闇の中の睨み合いなど、あまり気分のいいものではなかった。

ややあって。

「カズヤ……だよな？」

名指しで呼ばれた。低いがよく通る声の響きだった。

和也は応えない。見知らぬ男に……それもどう見ても怪しげな集団のリーダーらしき男にいきなり名指しされて不快だった。ドキリでもヒヤリでもなく、どちらかというと正体がわからなくて薄気味悪かった。

「捜してたんだぜ、あんたを……」

だとしたら、ますます迂闊な返事はできないような気がした。何のことか和也にはまったく覚えがないが、相手にはある。……らしい。ろくでもないトラブルの予感しかしなかった。

「手がかりっていやあスマホの隠し撮り《かく　　ど》写真と『カズヤ』っていう名前だけだったし。正直めんどくせーとしか言いようがなくてな」

和也が黙り込んでいても、相手は勝手にしゃべり出す。

「まさか、こんなとこで普通にバイトやってるなんてな。想像もつかなかったぜ」

ただのファミレスのアルバイトに普通も何もないだろう。その小バカにしたような口ぶりに内心ムッとした。

「あんた、何者? 『サイファ』の身内なのか?」

問われた意味がわからなかった。

「なん、だって?」

思わず問い返してしまった。

「だから『サイファ』の身内なのかって聞いてンだよ」

先ほどよりは強めのトーンだった。

(サイファって、何？　いきなりそんな胡散臭《うさんくさ》そうな名前を出されてもわかんないっつーの)

内心で毒づく。

「人違いだろ。何のことだか、さっぱりわかんないんだけど」

きっぱりと言い切る。名指しされて、どうやら隠し撮りまでされて探されていたなんて不気味もいいところだったが、ここできっちり否定しておかないとよけいにマズい展開になりそうだった。

再び沈黙が落ちた。

リーダーの背後で、ひそひそとつぶやく声がした。

……………そんなはずねーよ。

……………面の皮厚すぎだろ。

……………バックレてやがるだけだぜ。

深夜の静まり返った駐車場ではひそひそ話さえよく通る。

「ホントに違うのか？」

「だから何がッ？」

苛ついたように和也は声を荒らげた。

「秀次《しゅうじ》がフクロにされたんだ」

小池《こいけ》秀次の名前が出て、和也はようやく合点がいったようにため息をついた。

「くだらないインネンをふっかけてきたのは向こうだぜ。俺じゃない。おかげで、こっちもこんなざまだけどな。それで？　なに？　今度はあんたたちが親衛隊長のお礼参りでもやらかそうってのか？」

煽るつもりはさらさらなかったが腹の底から不快感が迫り上がってくるのは止まらない。

何かといえば徒党を組んで人の迷惑も顧みずにトラブルをまき散らす連中が嫌いだった。ましてや、こんなふうに人を待ち伏せて頭ごなしに言いがかりをつけてくるような奴らは特に。

「そうじゃねーよ。フクロにされたのは、あんたと派手にやり合ったあとだ」

「……は？」

素で変な声が出た。まったく予想外のことを言われたからだ。

「あいつはプライドの塊のような男だから、あんたにノサれちまったのがよっぽど我慢ならなかったんだろ。いっぱしの通気《つう》取りで顔を売ってたメンツもあるしな」

それは、見栄と軽薄な自慢話で誇張されたＳＮＳを見ればよくわかる。今どきはそういう露出趣味も珍しくないのかもしれないが。

男の言い様には、単なる知り合いというにはどこか突き放した感があった。秀次との関係性がよくわからない。

「行くとこ行くとこで酒を片手に吹きまくってたそうだ。いつかあんたをギタギタにしてやるってな。それが偶然『サイファ』の耳に入っちまったのか。それとも、誰かがこっそり耳打ちでもしたのか。そこらへんは俺たちにもわからねーけどな。秀次の奴、左の小指を半分落とされかけたんだ」

生臭い話であった。淡々と語られる話に、自分は無関係だと思っていてもさすがにどっきりした。

「自称だがレイジの親衛隊長が小便チビりまくってヒイヒイ泣きわめいてたって噂だぜ。そんとき、はっきり釘をさされたそうだ。二度とあんたにちょっかい出すんじゃねー、次はホントに指が落ちるぞ……ってな」

和也は小さく息を呑んだ。まったく身に覚えのないでっち上げ話の責任を押しつけられているような気がした。

「あんたももう気が済んだだろ？　だから、あんたからエッジに言っといてくれないか。秀次がでまかせに何をフイたのか知らねーけど、あいつはただの顔見知りでそれ以上でもそれ以下でもない。俺らのチームとはまったく何の関係もない。ついでのオマケで横から変に煽るのはやめてくれって、な」

聞き捨てにならないことまで言われてしまって。

「おい、ちょっと待てよ。『サイファ』だの、『エッジ』だの……そんなの俺は知らないって言ってんだろうがッ」

思いっきり否定する。変な勘違いをされたままではあとあと厄介なことになるのは目に見えていたからだ。

「エッジは赤の他人のためにゃ指一本動かしゃしねーよ」

和也は絶句する。どうしてそんなヤバい男と顔見知りだと思われているのか、見当もつかなくて。

「それでも覚えがないって言い張るんなら、それはそれであんたの勝手だけどな。どっちにしろ、あんたの名前は一気に爆上がりだろうな。『サイファ』のエッジが、あ、あ、あんたのために、レイジの親衛隊長《腰巾着》をフクロにしちまったんだからな」

どこの誰かもわからない紫メッシュの男は、暗がりの中で静かに凄《すご》んであっさり退いた。何がなんだかわけもわからず呆然《ぼうぜん》と立ちつくしている和也を深夜の闇に一人取り残して。

§　§　§

翌日。

和也は朝食も食べずにバイクを飛ばして高見の家に戻った。どうでも玲二に会って確かめずにはいられなかったのだ。

家に電話をかけてもまともに玲二が出たためしはないので電話もしなかった。今どきスマホも持っていない玲二とは緊急連絡もつかないのが無性に腹立たしかった。

玲二がまともに家に帰っているのかどうかもわからない。

それならそれで、家で待てばいいだけの話だった。

両親の交通事故死以来空になったままのガレージにバイクを入れて、玄関の鍵を開ける。

高見の家に戻るつもりはなくても、なぜか家の鍵だけは捨て切れなかった。

玲二の靴は……ない。

家の中はシンと静まり返っている。

キッチンをのぞいてみると流しの横にビールの空き缶が五、六本置いてあるだけで、出来合いの惣菜《そうざい》を買って食べている形跡もない。

和也はそのまま二階へ上がり、玲二の部屋のドアを静かに開けた。

やはり、いない。カーテンを閉め切ったままの部屋はどこか寒々としている。

机と、本棚と、タンスにベッド。相変わらずよけいなデコレーションは何もない。

和也は深々とため息をもらした。

午後一時を過ぎた頃、家の前で車の止まる音がした。

リビングのカーテン越しに目をやると、ごく普通のタクシーではなく高級感のあるハイヤーが走り去っていくところだった。

玄関のドアが開いた。

足音がして、リビングにのっそりと玲二が入ってくる。

ファッション雑誌のグラビアからそのまま抜け出してきたような男振りだった。ただのイケメンではない超絶美形にも更に磨きがかかっていた。

普段ならそんなことは気にもならない。

だが、今の和也はそれが無性に癇《かん》にさわってならなかった。

「ハイヤーで朝帰りなんて、いいご身分だな」

ソファーにふんぞり返ったまま、皮肉を込めて言い放つ。

玲二はうっすら唇の端を吊り上げただけだった。

何の用だ？　――とも聞かない。

まるで和也がそこにそうしているのが当然なのだとでも言いたげな顔で、どっかりソファーにもたれると、

「……コーヒー」

不遜に言った。

「飲みたきゃ勝手に淹《い》れてこい」

和也がすっぱり切って捨てると、あとは白々しい沈黙が降り積もるだけだった。

そして。やはり、和也が先に焦《じ》れた。

「おまえ……。『サイファ』って知ってるか?」

何の前置きもなく和也は口にした。

「なんだ? それ」

問い返す口調に淀みはない。いつもの玲二だった。

「じゃあ……。『エッジ』ってのは?」

「エッジ……?」

束の間、玲二は記憶の糸をまさぐるように視線を浮かせ、

「そういや『アモーラル』の常連の中にそういう名前の奴がいたな」

たいして興味もなさそうに言った。

「おまえと、何の関係もないのか?」

ブスくれたきつい口調で和也が投げつける。

玲二は鼻先でシニカルに笑い飛ばす代わりに、わずかに片眉を跳ね上げた。和也の問いかけがただの揶揄でも意味のないジョークでもないと、ようやく気づいたのだと言わんばかりに。

「どういうことか、ちゃんとわかるように話せ」

「何がなんだか俺にはわけがわかんないから、直接おまえに聞きに来たんだよ」

睨む目はそのままに言い放ってから、和也は軽く息をついた。

そして、昨夜のことを包み隠さず語ってやった。

　玲二はやけに真剣な顔つきでじっと耳を澄ませている。まるで、和也が語る一言一句も聞きのがすまいとするかのように。

　そうして最後の最後、和也は一番の気がかりを口にした。

「おまえが、そのエッジとかいう奴に頼んだのか？」

「ボケてんじゃねぇよ。顔もはっきり覚えてないような奴に俺が何を頼むっていうんだよ。そんな回りくどいことするくらいなら俺が自分でブチのめすに決まってんだろうが。あいつらは人のケツにへばり付いてエラソーに能書き垂れてるだけのクソだからな。そんな気にもならねぇよ」

　いかにも玲二らしい言い様に。

（……そうだ。こいつはそういう奴だよな）

　和也の肩からフッと力が抜けた。拭いきれない一抹《いちまつ》の不安を残して。

「なら、いったい、何がどうなってんだ？」

　思わず小首をかしげると。

「わけわかんねぇことなんか、いくら考えたって時間の無駄だろうが」

　玲二はふんぞり返った。

「そういうわけにいくかよ。ダシにされたのは俺なんだぞ。初対面で名乗りもしない奴に好き勝手に言いたい放題言われて……ムカつくだろうが」

「よけいなことに、首、突っ込むんじゃねぇよ」

思いがけず強い口調で頭ごなしに玲二が言い放った。

「俺は自分の周りで何が起きてんのか、ちゃんと知っておきたいだけだ」

そう……。知っておきたいだけなのだ。どう考えても不穏だからだ。今、何が起きているのかをきちんと把握しておきたい。……それだけだ。

「おまえ『アモーラル』の常連なんだろ？　あそこは専用のカードがなきゃ入れないんだったよな」

「一緒に連れて行け……とでも言うつもりか」

言外に駄目出しされて和也の眉間がくもる。

「お願いすればいいのか」

「土下座でもするって、か？」

鼻先であしらうように玲二が唇をめくり上げる。

「……して欲しいのか」

「どうせなら俺は土下座よりも、おまえに『抱いてくれ』って言わせたいぜ」

ひくりと和也の唇が引き攣れた。

「言ってみるか？」

挑発ぎみに片頬で玲二がうっそりと笑う。

「いい。おまえには頼まねーよ」

言い様、和也は重い腰を渋り上げた。

「和也。俺はやめとけって言ってんだ。同じこと何回も言わせるなよ」

低く、静かに、玲二が凄む。

見上げる玲二の目と見下ろす和也の目の間で一瞬、険悪なプラズマが走った。

「たった一回ダシにされたくらいでカッカすんじゃねぇよ。下手に見栄張ってよけいなことに顔突っ込んでると大怪我するぞ」

「おまえに言われたくない」

よけいにムカつくから……。内心で毒づく和也であった。

「心配してやってんだ」

口の端だけで玲二が白々ともらす。皮肉も嘲《あざけ》りもこもらない、それゆえのひやりと背を這うような冷たさで。

和也は知っている。玲二がこういう無機物めいた物の言い方をするときには半分キレかかっているのだと。

たっぷりとトゲを孕《はら》んだ毒舌を吐くときの玲二は怖くない。怖いのは――毒もトゲも削《そ》ぎ落とした口調が冷えて硬質の美貌が凍てつくその瞬間だ。

肉を裂いて穿《うが》たれたものは、すでに和也の脳髄にしっかり喰らいついている。和也の一挙一動を呪縛するほどに、深く、激しく——威圧する。

それでも、和也は、完全に目を逸らしてしまう気にはなれなかった。

和也が和也であるための最後の一線は譲ることのできない軛《くびき》なのだ。

身体の痛みよりも、精神的な苦痛よりも、なし崩しに流されていく自分が……怖い。

だから、和也は上げた腰をゆっくり元に戻した。逆巻く激流がたったひとつの堰《理性》を切ってしまわないように。屈するのではなく、軛を争うのでもなく、渋るモノを自制心でなだめながら詰めた息をゆうるりと吐き出した。

「玲二。俺はただ知りたいだけだ。何がどうなってるのか、はっきりさせときたいだけだ」

「はっきりさせて、どうすんだ」

「どうするかは、そのときになってみないとわからない」

「そうやって墓穴の底が抜けていくんだぜ、まっさかさまに……」

「それなら、それでいい。わけもわからないで右往左往するよりはな」

いっそきっぱりと和也は言ってのけた。

「なら、言ってみろよ。抱いてくれって」

声音すら変えずに玲二が言った。

「だから……なんで、そういうふうに問題をすり替えるんだよ、おまえは。ちゃんと真面目に俺の話を聞けよ」

「聞いてやってるだろうが、ちゃんと。人に物を頼むときには、それなりの代価を払うのが世間様の常識だろ？」

「歩く非常識がいっぱしの台詞を吐くんじゃねーよ」

腹に据えかねて、つい憎まれ口を叩いてしまう。これじゃあ振り出しじゃないかと、かすかに歯噛みしつつ。

玲二は眉すら動かさなかった。

「懲《こ》りてねぇな、おまえ。クソ度胸だけじゃ『アモーラル』のドアは潜《くぐ》れやしないぜ。あそこはスリルと刺激を煽って上品ぶったモラルを蹴り倒すためのオモチャ箱だって教えてやっただろうが。ゲームをゲームとして割り切って遊べないド素人が、他人のテリトリーの中で何をやっても無駄なんだよ。泥を引っ被る度胸もないくせに人を当てにして美味しいところだけつまみ食いしようなんて、甘ったれたこと考えてんじゃねぇよ」

和也はふと噛み締める。今更のように高志の言葉を……。

『逃げまくってたって、なんの解決にもなりゃしないんだから。おまえにしたら傍迷惑を通り越してムカつくようなことでも、それがあいつなりのコミュニケーションなんだろ』

きりきりと歪んでヒリついた軋轢《あつれき》の果ての、思いもしない現実。

口が裂けても吐き出したくない言葉がある。こともなげに、冷淡に、あるいは威圧的に玲二はそれを口にするけれども……。

和也が和也として足を踏んばっていられる、唯一の歯止め。

——と。玲二は、まるで和也の胸の内を見透かしたように言った。すっぱりと和也の退路を切って捨てるように。

「そんなくだらないことに首を突っ込んでる暇があったら、さっさと家に戻ってこい。もう当てつけでアパート暮らしやってる意味なんかねぇだろ？　それとも、おまえ、これからずっとあんな壁の薄いとこでヤリたいのかよ。ここは俺とおまえの家なんだぜ。だから、さっさと戻ってこい」

4　新たな出会い

JR津上《つがみ》線、佐々岡《ささおか》。

人が動けば土地も転ぶ……かのような変貌がここにある。

都心の物価高や住宅難を背景に、近年のJR線付近の再開発を軸としたマンション建築ラッシュは目を瞠《みは》るばかりだ。

経済・文化の一極集中の弊害が世間の口を騒がせている間に、年間の人口増加率が三十パーセントというベッドタウン並みに膨《ふく》れ上がってきたこの街は人も地域も活気にあふれている。

しかも、小綺麗《こぎれい》にまとまった駅前の一画を外れると昔ながらの商店街が軒を連ね、新しさと懐かしさがほどよくマッチして独特の気風を吹き込んでいた。

顔の青アザもどうにか薄れ身体の痛みもひいてようやく通常の生活にもどった和也《かずや》は、久々にゆったりとした気分でアーケード街を流して歩いた。

平日の昼下がりということもあって、あまり人は混んでいない。

いつもはウィンドー・ショッピングなどには縁のない和也だが、今日ばかりは目も足取りも自然と緩みがちであった。

それから必要なものを必要なだけ買い、またゆったりと歩き出す。

駅前をT字に走る本通りと中通りをほぼ斜めに裂いて抜ける裏通りは、わずか車一台分の道幅でしかない。そこから複雑に枝分かれした道を慣れた足取りで歩いて行く。

こんなとき、駅から歩いてほぼ十五分の距離は実に魅力的であった。たとえ、１ＤＫの間取りが家賃の高さに少々見合ってはいなくても。

バイクを飛ばすまでもない。ちょっとした散歩気分で買い出しができる。

両手がエコバッグで塞《ふさ》がっていても、歩いて帰るには気にならない距離だった。

この時間帯では人通りもあまりない。

ときおり自転車の前と後ろに子どもを乗せた主婦が、ベルを鳴らして行き交うだけの静けさだった。まるで、ここの一画だけ、賑《にぎ》わう街の喧騒《けんそう》から取り残されたような感があった。

もっとも。早朝と夕方にはそれぞれまったく違った顔を見せるのだが。

ゆったりとした、確かな足取り。それが、今はふと乱れがちであった。

ドォ〜ロ、ドォ〜ロ……と。背を這《は》うようにしがみつくオートバイの排気音。

振り返りこそしなかったが、先ほどから妙に後ろが気になってしかたがなかった。

いったんは消えてなくなったかとも思ったのだが、しばらくすると、また背中にぴったり貼《は》りついてきた。

行き過ぎるわけでもなく、かといって脇にそれるわけでもない。ただ末端神経がささくれだつような低い排気音をまとわりつかせたまま、付かず離れずを保っているだけなのだ。

錯覚だとは思わなかった。自意識過剰なのでもない。あっさり無視してしまうには何かしら首の後ろがチリチリと焦げるような気がして、和也は舌打ちをした。

アパートが間近に迫った最後の角を曲がった――そのとき。

それまで背中に貼り付いていただけの排気音が一気に加速して、まるで和也の行く手を遮るようにオーバーラップしてくると、ほんの一メートル先で不意に止まった。

つられて、和也の両足もヒクリと止まった。

瞬間、息を詰めて、和也はそれを凝視した。

挑発的な右二本出しのマフラーが特徴の『カワサキ』黒のザンザス。

一瞬。深夜に突然現れて静かに凄《すご》んで消えた、あの名前も知らない集団のことが頭のへりをかすめ走った。

すると。ザンザスの男は、そんな和也の杞憂《きゆう》などまるっきりお構いなしに、

「あのぉ、ちょっとすみません」

ごく普通の落ち着き払った声でひと声かけたあと、何を思ったのか。

「あれ？」

ひとりごちて、ゆったりと黒のフルメットを脱いだ。そうして、まばたきもせずにじっと睨《にら》

んでいる和也に、

「なんだ……あんたか」

やけに親しげな言葉を投げてよこした。

中途半端に気が削がれて、ふと眉を寄せる。

（……誰？）

「覚えてないって、顔だな」

落ちかかる前髪を無造作に掻《か》き上げ、男は唇の端で笑う。

「どこかで……会った？」

いまだ警戒心の抜け切れない硬い声で和也が問うと。

「俺ってそんなに印象薄い？　なにげにショック……。これでも『アモーラル』じゃ、けっこう顔なんだけどな」

言われて、もやった記憶が突然晴れた。

（……あ。もしかしてあのときの？）

和也にとっては屈辱的なゲームの、プレミアムな檻《おり》の中に一緒にいた常連組の一人だった。

「ようやく思い出してくれたようで、ちょっと復活した」

人をくったような口調でにやりと男が笑う。たぶん和也よりも二、三歳上のような気もするが、語り口が軽妙なせいで年齢差というものはあまり感じなかった。

そういえば、あのときも、こんなふうに声をかけてきたのだった。わけのわからないゲームの餌《えさ》にされた檻の中でずけずけと声をかけてきた男。

檻の中にいた常連組は何人かいたが、すぐに思い出せなかったのは、あのときと今ではまるっきり醸し出すモノが違っていたからだろう。髪の毛だって、こんなエセ金髪ではなかったのでは？　こんな派手な頭だったらもっと印象に残っていてもいいはずだろう。まぁ、あのときの和也は秀次《しゅうじ》にはめられてゲームへの強制参加という理不尽にかなり混乱していたのは事実だが。

あのときはゲーム初心者にプレッシャーをかけるのが常連組の目的だったからか、もっと硬質なイメージがあった。……ような気がする。

そして、否応なく思い出す。あの殴り合いの中で秀次が和也に投げつけた、憎悪のこもった言葉を。

——夜の歓楽街にはそれなりの決まり事っていうのがあるんだよ。なんにも知らねー田舎モンが昼間のツラぶら下げたままフラフラ歩いてんじゃねーよッ。目障りなんだよ！

夜の顔。

昼の顔。

和也は考える。今目の前にいるエセ金髪男は、どちらの顔がより素顔に近いのか。

クラブ『アモーラル』では、そうやってふたつの顔を使い分けている人間が、いったいどのくらいいるのだろう。

仮面を被《かぶ》るのか。

それとも、素顔に戻るのか。

黒地に金の髑髏《どくろ》マークのカードは、双面の、どちらの欲望を満たしてくれるのだろうかと。

「あんた、この近くに住んでるんだろ？」

男は和也のエコバッグに目をやって言った。

「え？　あ、あー」

「じゃあ、教えてくれよ。『ハイム桜井《さくらい》』ってどこにあるんだ？　さっきから捜してんだけど、よくわからなくってさ。同じ道をグルグル回ってるような気がする」

「ハイム桜井？　あー、あれはもっと下だ」

「下って、どっち？」

「今来た道をもどって、最初の角を右に曲がるだろ。それから……」

後ろを振り返って指をさし、口で説明しかけて小さく息をついた。

「あんた、ここは初めてなんだよな？」

「そう。こんなチマチマしたところをグルグル回ってたら、わけわかんなくなっちまった」

「じゃあ、ついて来いよ。口で言うよりそのほうが早い」

「悪いな、カズヤ。助かった」

ごく自然に『和也』と呼ばれた瞬間、こめかみにかすかな痛みが走った。

「名前……なんで、知ってんだ？」

不機嫌に和也がもらす。

男は『今更何を言ってるんだか』とでも言いたげに片頬で笑った。

「そりゃあ、あんたはちょっとした有名人だからな。あのレイジが男相手に札ビラ切って派手なディープ・キスをやらかしたのも初めてなら、そのレイジに一発ブチかました男っていうのもな。みんな興味津々《しんしん》。ゲームそっちのけで目はズーム・レンズ耳はダンボ……だったし。最後のとどめが『こいつは俺のだ』の爆弾宣言ときちゃあな」

和也は苦虫を噛《か》み潰《つぶ》したような顔になった。

「ま、さすがにレイジのジョークはひと味違うぜ。もっとも自称『レイジの親衛隊』の奴らは脳天ブチ割られたようなツラしてたけどな」

こともなげに吐かれた『親衛隊』という言葉に眉間が疼《うず》くのを感じた。

「その頭が、指を落とされかけたって……ホントなのか？」

低めにトーンを絞り込んでことさらゆっくりと問いかける。

束《つか》の間《ま》、男は和也を凝視した。

「へぇー……。あれっきり顔は出さなくても、あんたの耳にもそういう噂《うわさ》は入ってるんだな。レイジも案外聞いてないフリしてちゃんと聞いてるわけだ」

「そうじゃない。あいつはそういうことには関心ないからな」

「ふーん……。なんかワケありみたいだったから、あんた相手じゃ勝手が違うのかと思ったけど。そっかあ、レイジはやっぱりレイジだってことか」

その口調に少しだけ強いものがこもる。そこだけひんやりとしたものが透けて見えたような気がした。……が、それもすぐにシニカルな笑みに消えた。

「考えてみりゃ、それが当然かもな。親衛隊なんて気取ってたって、結局あいつらはレイジの名前に寄生してるだけの金魚のフンだし。あのレイジがそんな奴らのことなんか、いちいち気にしてるわけもないか」

「あんた、あそこじゃそれなりの顔だって言ったよな」

「まあ、な」

「じゃ……エッジって奴、知ってるか？」

そのとたん、彼の眦《まなじり》がゆうるりと切れ上がった。

「エッジが――何？」

「どういう奴？　人のことダシにしてナイフをちらつかせるような……危ない男なのか？」

それには答えず、彼は辺りを窺《うかが》うように視線を流すと和也を促した。

「場所替えしないか？　なんか話が長くなりそうだからさ」

「あっ、悪い。あんた用があったんだよな」

ふと思い出したように、あたふたと和也が歩き出す。

「いや、そっちは別にいいんだ。どうせダチの家に遊びに行くだけだし、急ぎじゃねーから」

「……え？」

思わず足を止めて振り返った和也に、男はにやりと笑った。

「俺は享《とおる》。黒崎《くろさき》享だ。よろしくな」

5　執着という名の枷《かせ》

野上愛子《のがみあいこ》の部屋。

来客を告げるインターフォンのチャイムが鳴って、カメラアイの向こうにいるのが津村麻美《つむらあさみ》だと知って。急ぎ足で玄関に出て、ドアを開けた。

「な…に？　どう、したの？　……それ」

麻美の顔を見るなり愛子は驚きに目を瞠った。

麻美は赤く腫《は》れ上がった頬に自嘲《じちょう》とも苦笑ともつかぬものを浮かべ、

「ちょっと、もめちゃって……」

言葉を濁した。

かすかに目を逸《そ》らして愛子は重いため息をもらした。『親友』という言葉すらもがもどかしい傍観者の立場を自覚しつつ、それでも、第三者には徹しきれない内心の腹立たしさを噛み締めながら。

「いいから、入んなさいよ。ほら、早く」

「うん……」

　ゆったりとしたしぐさで麻美が靴を脱ぐ。それが見慣れたハイヒールではなくローヒールのパンプスだと気づいて、愛子は少しだけ表情を和らげた。

「ちゃんと、食べれてる？」

「まだ、ちょっとキツイかな。ゴハンの匂《にお》いがダメなの」

「そっかあ。しょうがないわよね、妊婦さんなんだから。うちのお姉ちゃんは天ぷらがダメだったもん」

「そうなんだ？」

「うん。だけどダンナが天ぷら大好き人間で、しょうがないから、そのときだけあたしが助っ人やってたわけよ」

「へえー。でも、あれは揚げるだけで料理の腕はいらないから……」

「ひどぉい。そんなこと言うなら、もう泊めてやんないわよ」

「ごめん。失言でした。すみません」

　テーブルを挟んでの、いつものたわいのない世間話。

　だが、笑い声が掠《かす》れてふと会話が途切れてしまうと、それだけでもう沈黙が重すぎてしまうのだった。

「ごめんね、愛ちゃん。いっつも迷惑かけちゃって……」

言葉の継ぎ穂を探しあぐねて、唇重く、麻美がそんなふうに切り出す。

「そんなこと、思ってないわよ」

それでも、愛子のトーンは自然と落ちてしまう。

「お父さんなの？　それ……」

こくりと小さく、麻美は頷《うなず》いた。

愛子は津村家でのことを思い出す。両親を前にして、かすかにかすれがちの声で、けれども毅然《きぜん》とした口調で麻美が妊娠を告げ、結婚はしないが子どもは産む……と言ったときの、父親の形相を。

自慢の娘に裏切られたという憤怒だけでは済まない、激昂《げきこう》。

その口から吐き出される言葉がどれほど麻美を傷つけているか、そんなことまで考える余裕すらなかったのだろう。津村家の恥……とまで罵《ののし》った父親は、もしもあのとき愛子が間に入らなければ、その場で麻美の腹を蹴《け》りつけていたかもしれない。

それが、嫌でも玲二《れいじ》のあの言葉を思い出させて。なんとも言えない気分にさせられた。

——俺はガキなんかいらないって言ってるだろうが。それじゃケジメがつかないって、おまえが恥晒《さら》して歩いてるっていうから、こんな茶番にまで付き合ってやってんだ。それでも、まだ足りないってか？　なんなら、今ここで、その腹を蹴り飛ばしてやろうか？　そしたら、何もかもスッキリするだろうが。

あれは本当にひどかった。暴言というよりも、麻美の尊厳を踏みにじる人でなしの所業だった。部外者の愛子ですら憤激するほどの。

だが。

それでも。

玲二は聞くに堪《た》えない本音をブチまけただけで麻美に手を上げたりはしなかった。たとえあれが単なる脅しではなかったとしても、だ。

けれど。

麻美の父親は激昂して摑《つか》みかかり、本当に蹴りつけようとしたのだ。

信じられない。

あり得ない。

玲二よりも凶暴だった。

なんだか、麻美の父親の本性を垣間見《かいまみ》たような気がした。

仕事ができる父。

良妻賢母を認じる母。

そして、自慢の娘。

頭に描いた理想の家族像をこっぱみじんに砕かれた父親は、我が娘の相手がどこの誰であるのかを問いつめることも忘れ罵るだけ罵ると、おろおろとあわてふためく母親にすべての責任を押し付け、肩を怒らせて部屋から出ていったのだった。

……最低だった。

あれ以来、肩書きと体裁の鎧《よろい》で身を固めたエリート社員の父親とは断絶状態。夫にすべてを依存することしかできない母親はまるで当てにならない。ただひとり、理想の家族像からひとりはみ出している高校生《ヤンキー》の弟だけが、麻美に好意的であった。

――シングルマザーなんてさ、アネキもけっこうやるじゃん。一生オヤジの『イエスマン』やってる気なのかと思ってたけど。よかったじゃんか。肩の荷が下りて、いっそサッパリしたんじゃねーの？　これでウチもようやく風通しがよくなってきたってことだよな。

弟の言い様をそっくりそのまま真似《まね》るわけではないが、麻美の爆弾宣言は、確かに津村家のどてっ腹に風穴をあけたのだ。それも深々と……。もっとも、それですんなり風通しがよくなるなどと麻美も愛子もそこまで甘い期待はしていなかったが。

「……で？　何が原因なわけ？　妊婦を殴るなんて、よっぽどのことじゃないの？」

麻美はうっすら自嘲した。

「そんなに気を遣ってくれなくてもいいわよ。愛ちゃん、知ってるでしょ？　お父さん、津村の家から恥知らずな子どもを産ませるくらいなら、階段から転げ落ちて、流産でもしてくれたほうがよっぽどマシだと思ってるんだから」

愛子は黙り込む。うっかり、よけいなことを聞くんじゃなかったと。

「お父さんね、お腹の子の父親が……高見君《たかみ》だと思ってるのよ」

「はぁ?」

「……そうじゃなくて。そうであってくれればいいって思いたがってるだけなのかも……。ほら、高見君だけだったじゃない、ウチの親公認のボーイフレンドって」

あー……と、愛子は納得する。娘がどこの誰ともわからない男の子どもを産むよりは、まだしもそのほうがまし……ということだろうか。

「中絶できないって言うんなら、何でもいいからとにかく結婚しろって。生活力がどうとか言うより、それなら、まだどうにか体裁のつけようがあると思ってるのよ。ほんと、情けない話なんだけど」

「最悪……だわね」

思わず愛子の口からその言葉がついて出る。

「おまえじゃ埒《らち》が明かないって。娘を傷物にしてくれた責任は……とか何とか言い出すもんだから大喧嘩《おおげんか》になっちゃって。そういう考え方しかできないのよ、ウチの親。今に始まったことじゃないけど。わたしひとりなら、もう何を言われたっていいんだけど……。でも、さすがに親の恥まで晒して、これ以上高見君に軽蔑《けいべつ》されたくないのよねぇ」

これ以上和也に軽蔑されたくない。それは麻美の嘘偽《うそいつわ》りのない本音なのだろうが、愛子は思う。今となっては、それは虫のいい解釈ではなかろうかと。玲二を探して和也《かずや》のアパートにまで押しかけて神経を逆撫《さかな》でにしてしまったのだから、今更軽蔑どころの話ではないだろう。

恋愛は自由……とはいえ、超えてはならない一線というものはある。和也の地雷は玲二であることに間違いはないのだから、玲二とそういう関係になった時点でアウトである。

「納得したわけ？　お父さん」

「高見君とはとうの昔に別れた。何の関係もない赤の他人の家に押し掛けてかかなくてもいい恥を晒して歩くのかって怒鳴ったら、これ……よ」

「玲二のことは？」

「言わない。だって……言えるわけないわよ。今でさえ、こうなんだもん。相手が責任取る気もない年下の男なんて知ったら、頭の血管切れちゃうんじゃない？」

まるで他人事《ひとごと》のように麻美は唇の端で小さく笑った。

「どうする気？」

「どうもしない。相手が高見君じゃないって、お父さんが納得すればそれだけでいいの。高見君のとこまでとばっちりが飛んでいかなきゃ、あとはもうどうでもいいわ」

「後悔してんじゃないの？　子どもを産むこと」

「後悔なんかしないわ。玲二を愛したことも、玲二の子どもを産むことも。それでも、たったひとつだけ悔やむことがあるとすれば、それは高見君をいっぱい傷つけちゃったことだけよ。本当にそれだけ……。だから、ちゃんと産んでみせるわ。今は……それしか考えたくない」

和也を裏切って、傷つけて……それでも玲二が欲しかったのだ。玲二は麻美のことをただのセックス・フレンドだと、こともなげに吐き捨てるけれども。

口では説明しがたい、渇きにも似た——願望。

他人はそれを、ただの『エゴ』だと頭ごなしに軽蔑するけれど。そうまでして貫いた恋なのだから、今更後悔なんかしない。でなければ、明日の自分が見えなくなってしまいそうで。

「まあ、いいわ。それだけしっかり覚悟が決まってるのなら大丈夫よ。いつかお父さんもわかってくれるわ、きっと」

ひと息大きく吐き出して愛子が立ち上がる。

「シャワーでも、浴びる？」

「うん。もうちょっとあとでいい？」

「いいわよ。泊まってくでしょ？　あたし、ふとん出しとくわ」

机の上に置かれた時計はやがて午後十時三十分を過ぎようとしていた。それをちらりと見やって麻美は言った。

「ごめん、愛ちゃん。スマホを部屋に置いたまま出てきちゃったの。愛ちゃんのスマホ、借りていい？」

「どうぞぉ」

自分のスマホを手渡して愛子が部屋を出る。

麻美は手の中のスマホをしばらく凝視して、指に馴染《なじ》んだ番号をゆったりと押した。

耳に響く、軽やかなコール音。

二回、三回…………。

麻美は口の中で数える。

（……七回……）

薄暗い部屋の中、虚《むな》しく鳴り響いているだろう高見家の電話を思い描いて。

九回……十回。

そして、きっかり十回を数えてＯＦＦにした。ホッと胸を撫で下ろしたような、それでいて淋《さび》しげな、何とも形容しがたい色をその双眸《そうぼう》に刷いて……。

§　§　§

さわやかな秋風が心地好い季節になっても、和也の日常は相変わらずあわただしい。

――高見の家はもう俺の家じゃないって言ってんだろうがッ。

和也にとっては譲れない最後の一線だったそれも、いつもと変わらない口調で、

――なら、高見の家はもういらないって言うんだな、おまえ。

その捨て台詞《ぜりふ》を吐いてあっさり踵《きびす》を返した玲二の思いも寄らない言動で急転直下した。

玲二が帰った二日後。

その日はゼミの小論文にかかりっきりでずっとスマホをサイレントにしてあったのだが、夜になって久住《くずみ》の伯母からの不在着信が五回もあったのに気付いて和也は慌てて連絡を入れた。

『高見の家を売りたいって、いったいどういうことなのッ？』

寝耳に水——だった。

思わず絶句してしまった和也は、玲二が吐き捨てた言葉の意味をようやく理解した。

『昨日、玲二が来たのよ。高見の家を売りたいから、あなたが預けていった家の権利書を出してくれって。和也君、あなた知ってるのッ？』

「いや……それは……初耳です」

思わず口ごもった和也に、伯母は半ば拝み倒さんばかりに言い募った。

『高見の家は、祐介《ゆうすけ》があなたたちに残した大切な財産なのよ。お願いだから後先考えないような軽はずみな真似をしないように、和也君から玲二にきつく言ってやってちょうだい。あの子がいったい何を考えてるのか、私にはもう何もわからないわ。手に負えないのよ。だから和也君、あなた、玲二がこれ以上バカなことしないようによぉく言ってきかせてやってちょうだい。何もかもあなたに押しつけてしまってほんとに情けない伯母だとは思うんだけど、あの子とまともに話ができるのはもう和也君だけなのよ。玲二ともう一度よく話し合ってみて。……ね？』

久住の伯母の言い分はよくわかる。

しかし、問題なのは高見の家なのではなく、和也に対する執着以外は実父の愛情すら平然と見切ってしまえる玲二の非情さなのだった。

玲二が欲しいのは和也を束縛するための『家』なのだ。高見の家が重石《おもし》にならなければ何のためらいもなくあっさり切って捨てる、その有言実行ぶりだった。

玲二にとっては高見の家すらそれだけの価値しかないのだと、揺らがない決意を形に出して鼻先に突きつけてきた。そして、和也に決断を迫っているのだ。

もしも和也が『NO!』と言えば、きっと、また別の足枷を持ち出してくるのだろう。

それを思ったとき、和也は、背骨が芯《しん》から凍てつくような畏怖すら覚えてしまった。玲二の本気度を嫌というほど実感させられて。

だが、その一方で。何もかも頭ごなしに拒絶するだけでは何も解決しないのだと、そう囁《ささや》く声がした。

和也とのセックスは血の味がする——と玲二は言った。眉ひとつ動かさずに、平然と実母を切り捨てたときと同じ双眸で。

実父の愛情にも溶けなかった玲二の唇が、腕が、足が、不確かな血の絆《きずな》を逆手に取って和也だけに固執する。

その真意がどこにあるのか、和也にはわからない。いや……わかりたくないだけなのかもしれない。それを知ってしまったら、逃れられない執着という名の鎖で雁字搦《がんじがら》めになってしまいそうで。

ただ、昏《くら》く歪《ゆが》んだ執着は肉欲だけを渇望しているわけでもないのだろう。玲二が欲しているのは与えられた絆ではなく、我が手で穿《うが》つ楔《くさび》なのかもしれない。

この頃ようやく、和也にもそれがわかりかけてきた。無関心とエゴの固まりであるカリスマにもそれなりの歯止めは必要なのだろう、と。

和也は、玲二とのセックスがすべての歯止めになるなどと自惚《うぬぼ》れてもいなければそれをすんなり認めてしまう気にはなれない。

快楽は誰に対しても平等なのではない。

今の和也にとって、性行為は快楽に勝る耐えがたい苦痛でしかなかった。主に、精神的な意味でだが。

ごく普通に、男として何の疑いもなく快楽を享受していたときには考えもつかなかったそのことに、和也は芯から怖《お》じ気《け》づいた。後孔を抉《えぐ》られる痛みは羞恥心《しゅうち》をすぎた暴虐だった。自尊心だけではなく神経まで削り取っていく。

喧嘩は気力なのだと、和也はそう思ってきた。

負けないという気力さえあれば痛みは怖くない。

玲二と対等を張るということはそういうことであった。

目線はまっすぐ、逸らさない。引かない。媚《こ》びない。無駄に迎合しない。

そうやって、和也は玲二を見てきた。あのときまでは、ずっと……。

けれども、玲二とのセックスは、そんな気力もプライドも萎《な》えてしぼんでしまうほどに暴力的であった。

殴る、蹴る。そういう見た目の暴力ではない。

まず言葉で、玲二は和也を逆撫でにするのだ。

——おまえの性感帯《いいとこ》、全部暴き出してやる。

——声、出せよ。気持ちいいんだろ？　だったら、素直に鳴けよ。

——ほら。勃《た》ってきた。身体は正直だよな。口で言うほど嫌がってねーんだから。

——舐《な》めてやるから、ちゃんと足開けって。でないと、このまま捻《ね》じ込むぞ。

——言えよ。どこを、どうして欲しいんだよ。言わなきゃいつまでたってもイけないってことをいいかげん学習しろよ。

和也がしがみついて放すまいとする、男のプライド。それを淫靡《いんび》な言葉で剝《は》ぎ取りながら、セックスという暴力でめった打ちにする。肉体的にも、精神的にも……。

玲二の指がゆうるりと肌をまさぐり、絡む。

ぞわりと総毛立つそれが悪寒なのか、快感なのか。抱かれているうちにわからなくなる。

プライドは歪んでも、朽ちない。そう信じることで、和也はまだ足を踏んばっていられた。

今までは。

それでも。玲二は容赦なく、和也を蹴り落とすのだ。爪の先まで灼《や》けつくような、背徳という名の快楽の渦の中へ。

玲二の唇が、這い。

舌でねぶられ、吸われ。

ヒリリと甘噛みされて、吐息が上がり。

思ってもみない小さな疼きが弾け、やがて、つくり……と肉を灼くのだ。

そのとたん、わけのわからない羞恥に鼓動が跳ね、そこかしこで、狂ったように血がうねり出す。

そして、吐き出すのだ。玲二に追い上げられるまま。……何度でも。

翻弄《ほんろう》されて、否応なく扱《しご》き出される屈辱。

……いや。屈辱と感じるだけ、まだマシなのだと和也は自嘲する。

始まりがなんであれ、射精する快感は確かに快感なのだ。たとえ、どんな理由をこじつけようとも。それが和也のどこを、何を、熱く灼こうとも……だ。

射精することが男のプライドなのではない。

だが、強制的に射精させられるだけでは男としてのプライドが傷つく。

そういうことなのだ。

見たくはない物を鼻先に突きつけられる——自虐。いったんそれを自覚してしまうと、もうどうしようもなくなる。

和也は、今、自分の中にそういう疼きの種子を飼っていた。

自分でも知らなかった、快感の在処《ありか》。

射精すること以外の喜悦《きえつ》を、玲二の指で——舌で暴かれる羞恥。

その、思いも寄らない驚愕《きょうがく》と痛憤。それらが根を張る前に、すべてを削り取ってしまいたくなるほどの自己嫌悪がある。

だが、それすらもが、玲二のものを捻じ込まれて思うさま突き上げられたとたん、底のない怖じ気にすり変わってしまうのだ。自分でも制御できない快感を伴って。

自分が、自分の意志とは関係なく、自分ではない『何か』にメタモルフォーゼしていく歯噛み……。

ありていに言えば、高見の家に戻るということは、そういう玲二との関係を全肯定してしまうということなのだった。

殴られ、力ずくで犯されてしまえば、少なくとも言い訳はできる。玲二に対しても、自分自身に対しても。

あれは違うのだッ——と。自分の意思ではなく強要されているだけなのだッ——と。

屈辱が膿《う》んで腐れ落ちても、かろうじてプライドは残る。たとえそれが擦《す》り切れる寸前であろうと、まだ自分の足で立っていられた。

こんなことは、決して自分が望んだことではないッ——と。

だから、玲二はなし崩しの口約束で和也を縛ろうとはしなかった。和也が顔も声も歪めて悲鳴を上げるまで責め立てても、だ。

ただ、待っている。和也が自らの意思で選び取るのを。

YESか。NOか。——なのではない。

退路という退路のすべてを断って、和也の背後からその一歩を踏み出すのを見ているだけなのだ。

——おまえが戻ってこないんだったら、高見の家なんかいらないだろ。

こともなげに吐き出される言葉の重さ。

玲二のエゴに唇を噛み締めて屈したわけではない。

久住の伯母の懇願にほだされたわけでもない。

それでも。引っ越しの日、無言で和也を招き入れた玲二の冷笑は和也を呪縛《じゅばく》するには充分すぎるほどであった。

「和也、おまえ……ホントにそれでいいのか？」

和也が高見の家に戻ると決めたそのとき、真意を問いただすというよりはむしろ、どうにもならない己の立場を噛み締めるような口調で高志《たかし》が言った。おそらく、それ以外、何の解決策もないだろうことを誰よりも一番よく知っているはずの高志が。

「高見の家が足枷になるんだったら、別に遠慮なんかしなくったっていいんだぞ。おふくろが何を言おうがな」

「そういう問題じゃねーよ、もう。わかってんだろ？　おまえだって」

かすかに高志の視線が落ちた。

和也は深々とため息をもらした。

「それに、逃げてばっかじゃなんにも変わらないって言ったの、おまえだぞ、高志」

「玲二がまさか、高見の家を売り飛ばすなんて暴挙に走るとは思わなかったからさ」

「あいつがホントは何を考えてんのか……なんて、俺にもわからない。わかってるのは、あいつが俺に足枷はめたがってるってことだけだ。それも、ここんとこ急にな。どっちにしろ、ここまで来ちまうと、あとはもう自分で立って歩くか、引きずられて行くか。それだけの違いだろ？　もう、さんざん振り回されてきたからな。ここらへんで開き直ってふんぎりでもつけておかなきゃマジであとが怖い」

「まるで心当たりがありそうな口ぶりだな」

「なし崩しはイヤだってことさ。どっちに転ぶにしろな。それに、今は何を言っても無駄なような気がする」

「おまえ、なんか……一皮剝《む》けちまったようだな」

皮肉でもジョークでもなく、やけに真剣に高志が言った。

「初めっからおまえに何もかもバレまくってたんだと思ったら、なんかもう……気が抜けちまった」

当てこすりにはほど遠い、やけに乾いたつぶやきだった。

「先のことはわからないし、だったら頭ン中でウダウダやっててもしょうがねーよ。一度とことん玲二に付き合ってやれば、それで何かが変わる……かもな」

高志にというよりはむしろ、自分自身に言い含めるように和也がつぶやく。胸の奥底で揺らぎ疼く不安を噛み締めながら。

「無理……すんなよ?」

「今更、おまえに見栄張ってどうすんだよ。それに……おまえ、非常口のドアはいつでも開けといてくれるんだろ?」

「あー」

それだけはきっぱりと力を込めて高志は頷いた。

「なら……いいさ、それで。今はな」

玲二は変わらないだろう。だったら、自分が歩み寄る以外に術《すべ》はないのだと和也は思った。

和也が、和也自身であるために。滾《たぎ》り上がった血のうねりの中で、喉を掻き毟《むし》って窒息《ちっそく》してしまわないように……。

高見の家へ戻ってきたことが最善なのか、最悪なのか、それは和也にもわからない。

ただ、前に一歩踏み出してしまわなければ何も始まらないのだと。それで、そこから何がどういう形で弾け出してこようと、自分で決めたことならそれなりに納得のしようがあるのではないか。和也は、そう信じたかったのだ。

§　§　§

K大キャンパス。

その日。午後イチの講義が終わってバイクの止めてある学生用駐輪場までやってきたとき、黒崎《くろさき》　亨《とおる》からメールが届いた。

【明日、十九時。『根木志《ねぎし》』でどう?】

いつもながらの簡潔な……絵文字も顔文字もいっさいない、まるでビジネスメールのような素っ気ない内容だった。

どちらかというと高志寄りの軽妙さのある亨本人とメールのギャップが面白くて、ついくすりと笑ってしまいそうになった。

『根木志』は亨が行きつけだという居酒屋で、全国各地の美味《うま》い地酒が揃《そろ》っていると評判の店だった。

普通居酒屋といえば、リーズナブルな値段で友人たちと飲み放題、食べ放題で大いに盛り上がる……のが定番だが。『根木志』はカウンター席と個室がウリだった。

店の構えも大衆向けというよりは高級感のある造りで、どちらかというと女性好みのオシャレ感があった。個室だから周囲に気兼ねなくゆっくり寛いで飲み食いできるということで、デートスポットとしても人気があるらしく、グルメサイトでの評価も高かった。

和也も享に誘われて二回ほど行ったが、落ち着いた雰囲気でちょっぴり贅沢《ぜいたく》感が味わえるところが気に入った。

とりあえず『了解』のレスを送って、和也はそのままバイクでバイト先のファミレスに向かった。

翌日。

約束の時間の五分前に『根木志』に着くと、すでに十席あるカウンター席は満席だった。いつまでも混んでいるというイメージしかない。この分だと個室も予約でいっぱいだろう。昨日の今日でよく席が取れたなと思う和也だった。

スタッフに予約名である『黒崎』の名前を告げると、カウンター席に座っていた数人がいきなり振り向いた。

（え……？　何？）

思わず目を瞠る。

そのうちの一人とは、なぜかバッチリ目が合ってしまった。

やけに体格のいい男だった。アスリート系のような身体付きをしていた。

別に面識があるわけでもないのに、視線が絡んだまま外れない。

（……なんで？）

こちらから何をしたわけでもないのに、どうして凝視されているのか……わからない。

まさか、ガン付けされているのか。なんのために。

和也は自分が愛想がないのは自覚しているが、初対面の相手に無遠慮にガンを飛ばされるのはさすがに気分が悪い。

（何？　なんだよ？）

つい、視線もきつくなる。そこで自分から引かないところがトラブルの元なのかもしれないが、この場合、ナメられたら終わりというスイッチが入ってしまったのかもしれない。

………と。

「あれぇ、ハルキじゃね？」

背後からやけにのんびりとした享の声がしたかと思うと、こちらを凝視していた男たちが一斉に視線を逸らした。

まるで『あ？』『ゲ……』『マジ？』『やべぇ』という副音声が聞こえてきそうな、実にわかりやすいベタな反応だった。

……え？　どういうこと？

もしかしなくても、享の知り合い……らしいが。こういう場合、どういうリアクションが正解なのかがわからない。

「何やってんだ？」

驚いているのか、いないのか。それとも何か別の含みがあるのか。よくわからない声のトーンだった。

と、いうより。居酒屋でその台詞はどうなんだ？　和也はそう思ったが。

ハルキと呼ばれた男――和也にガン付けもどきをやっていた男がどうやら『ハルキ』らしい――が。

「メシ食ってる」

平坦なトーンで何のヒネりもないしごく当たり前なことを言った。

きっと、これが仲間内だと速攻で何らかのツッコミが入るところなのだろうが、誰も、何のリアクションもなかった。それどころか、目も合わせずにひたすら食っている。これは『どうにもバツが悪くて』ということなのだろうか。

「へぇー…………こんなところで出くわすなんて、すっごい偶然だな」

享の口調も結構な嫌味まじりだった。こちらも副音声付きで『おまえら、どういうつもり？　まさか示し合わせたとか言わないよな？』が聞こえてきそうな感じがした。

たぶん和也の気のせいではないだろう。

彼らが『黒崎』の名前に反応したのは、今日、ここに享がくることを知っていたからだろう。そこらへんの事情は知らないが。それで、その相手が彼らが思っていたような人物ではなく和也だったから思わずガン見してしまった。……そういうことなのだろうか。

「じゃあ、おまえらはおまえらで楽しくやってくれ。和也、行くぞ」

目で、言葉で彼らを牽制するように、享が強引に幕引きをした。彼らが享のどういう知り合いなのかはわからないが、とりあえず、和也はさりげなく目礼しておいた。

スタッフに案内されて個室に入ると、すぐにおしぼりとグラスビールと先付けの小鉢が出てきた。

最初は驚いたが、三回目にもなるとそういうシステムにも慣れた。

個室は掘りごたつ式になっていて、ゆっくり足が伸ばせて楽だった。

「え…と、さっきのあれ、知り合いなのか?」

聞くまでもなかったが、一応確かめておく。

「まぁ、そんなとこ」

おざなりに答える。その口調が、どういう知り合いなのかあまり聞かれたくなさそうな感じだったので、そこは和也もつっこんでは聞かなかった。まったく気にならないと言えば嘘になるが、そのうち、そういう機会があれば享が話してくれるだろうと思った。

「いつものやつでいい？」

「あー」

享が手早くタブレットで注文をする。さすがに行きつけだけあって手慣れている。

それから、ビールで乾杯をする。

いつもはもっとテンションが高いはずなのに、先ほどのアクシデントがあったせいか、少々どんより気味だった。

「そういや、初めてだな」

「何が？」

「おまえの知り合いらしき人と接近遭遇したのは」

まあ、会話の糸口としてはこれくらいは普通だろう。

「そりゃあ、お互いさまって感じ」

「俺の場合は紹介できるほど友達がいないからなぁ」

胸を張って言えることでもない。

「友達は量より質だろ」

「それは言える」

思わず唇が綻《ほころ》んだ。

「俺も、そのうちの一人になりたいなぁ……とか思ってるんだけど」

先ほどまでとは打って変わって、なんだかいたずらっぽく片頬で笑いながら享が言った。

「なんで？」

享の本気度がいまいちよくわからない。というより、どうしても頭のすみっこで玲二の顔がチラついてしまう。享が玲二とまったく関わりのない人間だったらそこまで思い悩むこともないだろうが、玲二と同じ『アモーラル』の常連であるということがネックになっていた。まあ、それも今更……と言えばそれに尽きるが。

「それって、おまえ的にはどんなメリットがあるわけ」

「まぁ、ぶっちゃけて言えば、今まで自分の周りにおまえみたいなタイプがいなかったから興味がある」

「ごくフツーの大学生に？」

とたん。享が『何言ってんだ、おまえ』みたいな顔で和也を見た。

「他人にはまったく興味も関心もなさそうなレイジが気にかけてるってだけでもフツーじゃないだろ」

結局。そこなのか？　和也自身に関心があるわけではなく？　それを思ったら、なんだか肩透かしをくったような気分になった。

（あー、……またかよ）

くさるわけではないが、内心モヤる。

享とはいい付き合い方ができるのではないかと思っていただけに。それはさきほどの感情とは矛盾してしまうのだが、これはこれで和也の本心でもあった。

「まぁ、あの玲二とタメを張れる男に興味がない奴はいねーよ。だから、おまえのことがもっと知りたい。それで、どうかな?」

「どう……と言われてもな」

「だから、まずはお友達からだろ」

一周回ってそこかよ……という気がしないでもないが、堂々と友達宣言をされても不思議と悪い気はしない。下心は確かにあるのかもしれないが、粘り着いた欲は感じない。そういう勘は悪くないと思う。

享に誘われてタイミングが合えばこうして付き合うようになったが、いまだにお互いのことをフリーダムに話せる関係ではない。出会ってすぐに打ち解けました——そういうのは胡散臭《うさんくさ》いだけの欺瞞《ぎまん》だろう。出会い方が出会い方だったので、まだお互いに腹の探り合いだったりするのかもしれない。

そんな二人の潤滑油といえばバイクの話で、プライベートが絡まない趣味の話になると和也の口も軽くなった。

享が言うところの『今まで自分の周りにはいなかったタイプ』というのは、享にも当てはまる言葉だ。学生時代の友人たちとは違う価値観を持っている男。『アモーラル』での玲二を見知ってはいても、玲二に毒されていない男。享といて一番居心地がいいのは、押しつけがましさのない適度な距離感だった。

和也と玲二の過去の経緯を何も知らないと思うと、なんだかそれだけで呼吸が少しだけ楽になったような気がした。

6　ほどけない結び目

　K大学は私立のマンモス校である。学部もキャンパスも多彩で充実している。よって、たとえ友人といえども同じ学部専攻でもない限りキャンパス内で顔を合わせることはほぼない。……と言ってもいいだろう。特に大学三年生ともなれば就活も視野に入れての活動期である。一時期あったような就職氷河期は乗り越えたとはいえ、のほほんとしてはいられない。

　そんなある日の昼下がり。

　和也《かずや》と愛子《あいこ》はキャンパス内のベンチに座ってテイクアウトのコーヒーを飲んでいた。

「こないだは、その……悪かったな」

　秀次《しゅうじ》とやり合って思わぬ醜態を晒してしまったのは夏の名残《なごり》である残暑の厳しい季節で、あれからゆうに一ヶ月以上は経っている。その間、何かと忙しくて……とは言い訳の常套句《じょうとうく》になってしまった。本当に今更だとは思ったが一言謝っておく。でなければ話が先に進まないような気がした。

　よくよく考えてみれば、麻美《あさみ》の件からこっち、なぜか愛子には不様な姿ばかりを曝《さら》け出している。本当になんだかなぁ……という気分だった。

改めて思い返すと、玲二《れいじ》より麻美より、愛子との付き合いのほうが長い。なにせ、小学校からの筋金入りの幼なじみである。

男女間の友情は長続きしないというのが定説だが、今もってほどよい距離感を保っているのだから、そういう意味では相性がいいのだろう。

「高見《たかみ》君が謝ることないわよ。あんなのとまともに張り合ってたら、それこそ神経までズタボロになっちゃう。ムキになったほうが負けだわよ」

暗に自戒を込めた口調で愛子が言った。

「高見君、実家に戻ったんだよね？」

アパートを引き払って高見の家に戻ったことは愛子にもメールで伝えておいた。

一応、その理由は『就活準備で金銭的にも厳しくなったから』ということにしておいた。愛子は『そうなんだ？』と言ったきり無駄に突っ込んではこなかったが、思うことはいろいろあったに違いない。

「高見君はそれでいいの？」

その言い方があまりにも高志とそっくりだったので、和也は一瞬呆気《あっけ》にとられ、次いで苦笑してしまった。

「なぁに？　ちょっと気になるんだけど、その笑い方」

「いや……。野上《のがみ》とそっくり同じことを言った奴がいたんで、つい、な」

その人物に心当たりがあったのか、愛子は小さくため息をついた。

「その人も、きっと心配してるのよ。あんなのと一緒に暮らしてたんじゃ、高見君、そのうち胃に穴が開いちゃうんじゃないかって」

なかなかに辛辣《しんらつ》である。

和也は唇の端をわずかに歪めた。

「あいつは歩く非常識だからな。このまま野放しにしておいたら社会の迷惑だろ」

「社会の迷惑はトングで摘まんでゴミ箱に捨てちゃえばいいのよ。そのほうがよっぽどスッキリするわ」

女として、玲二に対する嫌悪感は最低線を振り切ってしまったのだろう。

もっとも、あれを問答無用で摘まみ上げる度量のある奴がいるかどうかは別問題である。

和也だって、結局は妥協した。玲二を野放しにするのが恐くて。ある意味、高見の家は玲二にとっても心の重石ではあるのだろう。そこに和也がいるという条件付きだが。

誰だって厄介事は避けて通りたい。それが本音だろう。

だから、本音でしかモノを言わない奴は嫌われる。

もしも玲二があれほどの美形でなければとっくの昔に世間の爪弾《つまはじ》きだろう。それでいくと、容貌の美しさも持って生まれた才能の一部で、世間を渡る上ではそれなりの学歴よりももっとずっとインパクトのある武器になるのかもしれない。

（まっ、それも使い方次第だよな）

玲二の顔を思い浮かべながら、和也はなんとも言えない気分になる。

厄介事を押しつける奴が狡《ずる》いのか。

押しつけられる奴が間抜けなのか。

目の位置が変われば物の見方も変わる。今の和也がそうであるように。それを愛子にわかってもらいたいとも、理解してもらえるとも思わなかったが。

それっきり会話が途切れてしまうと、白々と落ちる沈黙がやけに重かった。

そんな居心地悪さを愛子も感じていたのか、素っ気なくつぶやいた。

「麻美ね、やっぱり産むんだって」

もしかしたら、それが一番言いたかったのかもしれない。

「玲二にあそこまで言われて何も言い返せなかった自分がすっごく惨《みじ》めだったけど、そんな玲二を愛した自分まで卑下したくないんだって。おなかの子を殺しちゃったら、今までの自分を全部否定しなくちゃならないような気がしてたまらないって」

「そっか…………」

それしか言えず、和也は再び黙り込む。

（愛情……なぁ）

母親の由美子《ゆみこ》といい、麻美といい、女はどうして最後の土壇場になって、そんな思い込みだけで丸ごと人生を選び取ってしまえるのだろう。

(それが母性ってやつ?)

それを言われると、世の中の男は無条件で敗北してしまうような気がした。

「そんなの、ただの綺麗事だってわかってるのよ、麻美も。でも、おなかの子にでもすがらなきゃ自分の足で立っていられないっていう気持ちもわかるのよねぇ、あたし」

やっぱり愛子も女だから? そういうことだろうか。

「今は最悪のドン底だけど、時間が経てばそのうち何かが変わるかもしれない。それってただの思い込みかもしれないけど、でも……今の麻美にはそれが必要なのよ」

「親は、なんだって?」

愛子はどんよりとため息をついた。

「麻美のお父さんってさ。娘に甘いとか辛いとか……そういうんじゃなくて。肩書きで人を見下すようなとこ、あったじゃない? 学歴はあって当然、でも男は仕事、女はキャリアよりも家庭重視、それで世の中平和……みたいな。なんかさぁ、時代遅れもいいとこすぎて、あたし的にはちょっとパスしたい感じ」

「そうだな」

たぶん、未婚のシングルマザーなんて受け入れられないタイプだろう。

「もめてるどころじゃないみたい」

「……だろうな」

「周囲の雑音なんかお構いなしに、これからおなかはどんどん大きくなっていくわけだから。そしたら麻美、ますます居場所がなくなってしまうんじゃないかって……あたし的にはそれが一番の心配。なんだかんだいったって、結局、頼りになるのは親だけだもん。今更こんなこと愚痴《ぐち》ってもしょうがないけど、男と女って、同じことをやってもやっぱり最後のリスクは女が負うのよねぇ」

　しみじみと愛子が言った。

　そうなるともう、和也は何も言えなくなった。

　男と女の最後のリスク。

　男女間の性欲のリスクが望まれない子どもなら、男と男の場合は何になるのだろう。

　プライド……か？

（だったら俺のプライドなんか、擦り切れる寸前だよな）

　ひっそりと和也は自嘲する。

　麻美は玲二の子どもを産むことで自分の明日を支えるのだという。傍から見れば、なに甘いこと言ってんだよ――と言えなくもないが、最低最悪の泥沼でも護《まも》るべき何かがあれば人はそこまで強くなれるのだろう。

玲二との恋愛で……いや、玲二とのセックスが麻美をそこまで変貌させた？　単なる意固地でも当てつけでもなく？

……………だとしたら。

（俺は……）

和也は詰めた息をそっと吐いた。

（擦り切れる寸前のプライドにしがみつくことで強くなろう）

玲二は変わらない。たぶん、これから先も。

だったら、無理に自分をねじ曲げて玲二に歩み寄る必要はない。ほんの少しスタンスをずらしてやれば、いつか玲二と対等に歩いて行けるのかもしれない。

足下ばかりに気を取られているから先が見えなくて不安になるのだ。

自分を見失ってしまうとただの道も迷路になってしまう。だったら、なけなしのプライドを振り絞って前を見据《みす》えていればいい。自分は自分にしかなれないのだから。……そう思った。

§　§　§

高見家。

午後十時二十六分。

二階の自室で机に向かっていた和也は、ふとシャーペンを止めた。

ちらりと時計を見遣り、もうじきかな……と思う。

午後十時三十分。

一階のリビングで固定電話が鳴った。シンと静まり返った大気を震わせるように。

……八回……九回……十回。

コール音はきっちりと十回で切れた。未練げに……というよりはむしろ、家に誰もいないことを確認するかのように。

電話が鳴るのはいつも定刻だった。

午後十時三十分。コール音十回で切れる電話。悪戯《いたずら》電話にしては不可解で、そこに何らかの明確な意図があるのかもしれないと思うとなんだか不気味だった。


和也が奇妙な電話に気付いたのは、五日前だった。

今月末までに提出しなければならないレポートに集中するため、アルバイト先で一週間の休暇の話を切り出し、

「これだから、学生さんは困るんだよねー。まあ、無断欠勤されるよりはマシだけど」

皮肉まじりにため息をもらし、暗に、バイトの首のすげ替えには不自由しないのだと言わん

ばかりの花井《はない》の口調に、

「すみません。よろしく、お願いします」

ひたすら低姿勢に頭を下げた、翌日。

近くの惣菜《そうざい》店で買ってきた弁当を食べ終わって、さて、風呂にでも入ろうかと思ったときに電話が鳴ったのだ。

表示は『非通知』だった。

だから、あえて出なかった。

今どき、わざわざ『非通知』で電話をかけてくるような奴はロクな奴ではないだろう。そう思ったからだ。

時間を確かめると、午後十時三十三分だった。

次の夜も、その次の夜も、くり返し鳴る電話。

午後十時三十分。十回コールして切れる電話。

今まで気づかなかっただけで、もしかしたら、それは玲二の不在が続く高見の家で毎夜のようにくり返されていたのかもしれない。

誰が？

いったい何のために？

不審で。

不可解で。
…………気持ち悪い。
何か対策でも立てたほうがいいのだろうかと思いながらも、結局は放置した。

相手の正体も、意図もわからない無言の電話……。
——いや。
もしかしたら…………。
頭のへりに浮かんで消えたその名前をゆったり喉で嚙み潰し、
「出口のない、迷路…ってやつかよ……」
低く、静かに和也はひとりごちた。

§　§　§

玲二は相変わらずだった。
和也が高見の家へ戻ってきたからといって、それまでの生活パターンを改めるつもりなどないらしい。

釣った魚に餌はやらない――というよりはむしろ、釣り上げた魚に重石を抱かせて池で放し飼いにすることを選んだと言うべきなのか。

外泊はしょっちゅうであった。

ときどき香水の残り香付きで帰ってくることもある。

相変わらずクラブ『アモーラル』に入り浸っているのだろうか。それとも別口のどこかで？

玲二がどこで何をやっているのか、和也は知らない。玲二が語ることもない。

玲二が女の匂いをまとわりつかせて帰ってくることに、和也は何の嫌悪も違和感も持ってはいなかった。いや、正直言って安堵《あんど》のため息がもれることすらあった。

玲二が『タラシのレイジ』である限り、別方向での、もっと切羽詰まった歯止めを必要としなかったからである。

午前一時近く。いつものようにハイヤーで家に帰ってきた玲二は、そのまままっすぐ二階の和也の部屋までやってきた。

「ここんとこ、俺が帰ってくるまでずっと起きてるな」

視線もやらず、和也は淀《よど》みなくパソコンのキーボードを叩《たた》く。

「レポートがたまってるんだよ」

それもじきに終わる。

きりのいいところまで打ち込んで、ＵＳＢに保存してパソコンの電源を落とした。

それを待ち構えていたように玲二が和也の背中にピタリと張り付いた。

「溜《た》まってるのはあっちも同じだろ。しばらくやってねぇからな」

いきなり不意打ちを食らったような気がして、怒りよりも羞恥心が込み上げた。

「誰が、だ」

振り向きざま毒づくと。

「おまえが、だ。もうオナってるだけじゃ足りないだろ」

強い玲二の視線に射竦《いすく》められた。

「抱いてって、言えよ。そしたらおまえの好きなとこ全部、弄《いじ》くり回してやるぞ」

それが和也の何を煽《あお》り、どこを灼くのか、知り尽くしている口調だった。

「玲二、俺はなぁ……」

腹に一発入れてやりたい衝動に駆られた。

「ヤリたくても口に出しちゃ言えないってか？　自分からケツを上げるなんてのはプライドが許さねぇけど、俺に押し倒されるんだったらいい……なんて、虫のいいこと考えてやしねぇよな、おまえ」

奥歯が疼いたような錯覚に、思わず唇の端を噛み締めた。

（こいつは、どうして）

喉を焼く不快感におもいっきり眉が寄る。あながち的外れとも言えない自覚は更に痛烈だった。

「寝ボケてんじゃねぇぞ、和也。おまえ、俺に乳首舐《な》められんの好きだろ？　タマを擦られてぐりぐり揉《も》まれるのはもっと好きだよな。ケツ振ってヨガるもんな、おまえ」

身体中の血が滾り上がって玲二の足を蹴りつけた。あいにく、椅子に座ったままではその威力も半減してしまったが。

「なんでッ」

羞恥が顔を灼き、屈辱に唇がわななき、怒りで目がくらむ。

背中合わせの反発だけでは何も生まない。だから一歩歩み寄るつもりで高見の家に戻ってきたというのに、玲二はそれすらも平然と踏みにじろうとする。

なぜッ？

そうまで和也を貶《おとし》めて、何がしたいのか。

いや……。

何が、足りないのか？

ささくれだった沈黙は揺らがない。熱く膿んだ時間だけがとろりと流れ出す。

その不快さが我慢できなくて、和也は言い放った。

「これ以上、俺にどうしろってんだッ。高見の家を重石代わりに俺の首根っこ押さえつけて、その上好き勝手に俺をいたぶって。それで何が足りないっていうんだよッ、おまえ」

「俺はな、おまえのそういう被害者ヅラが気にくわないって言ってんだよ」

冷え冷えとした声で玲二が返す。まるで、和也の無神経ぶりが癇《かん》にさわるのだとでも言いたげな顔で。

「誰が、誰をいたぶってるだって？　俺に抱かれて自分がどんな顔でヨガリ声上げてんのか、おまえ、わかってんのかよ。いつまでもブッてんじゃねぇよッ」

物は言いようだと、つくづく思った。

目に見える痛みと、見えない痛み。そのどちらもが同じようにプライドを掻き毟るのだ。深く肉を裂いて、鮮血を滴らせながら……。

なのに玲二は、そんなことはおくびにも出さずに毒づく。快感によがる尻の震えまで俺のせいにするな——と。

嚙み締めた奥歯が軋《きし》る。

とことん玲二に付き合ってやれば、そのうち何かが変わるかもしれない。確かにそのつもりだったのに、なぜ、こうも嚙み合わないのだろうか。

何が——違うというのか。

こめかみを蹴りつける自問に満足な答えも得られないまま、次第に目が据わってくる思いがした。

昂《たかぶ》り上がった鼓動が、そこかしこでハウリングしたような気がして耳が痛くなる。

「おまえ……俺がこの家に戻ってきたからって、ぜんぜん変わらないよな。これから先もなんにも変える気ねーのか？」

掠れ声は思いのほか低く響く。あらゆる感情のすべてを搾《しぼ》り取ったカスだけが口の端からこぼれ落ちていくかのように。

だが、返された玲二の言葉は更に辛辣だった。

「俺だけが、かよ。変える気がないのはおまえも同じだろうが。アパートから戻って来てからこっち、おまえだって何も変わっちゃいない。おまえはただ待ってるだけなんだ。俺が動くのを座ったままじっと見てる。首根っこを引っつかんで俺がこうしろと言わない限り、おまえ、俺のためには指一本動かす気もねぇんだろうが」

「それの、どこが悪いってんだよ」

開き直った冷ややかさを視線に込め、和也は身じろぎもしない。

「そうやって何もかも俺のせいにしてりゃ楽だよな。ケチなプライドでも、しがみついてりゃそれなりに言い訳ができる」

「なら、ちゃんと言えよ、俺に。おまえが何をどう思ってんのか……口に出して言え」

聞きたいのは、知りたいのは……玲二の本音だ。

「俺が戻ってこないんなら高見の家なんかいらない。おまえがそう言ったから、俺は帰ってきたんだ。そういうふうに、俺にわかるように口に出して言えッ。何も言わねー奴が、自分の思い通りにならないからってブチブチ文句ばっかりタレまくるんじゃねーよッ」

「おまえを抱くのにいちいちお願いしなけりゃならないのかよ、俺は」

唇の端を吊《つ》り上げて玲二が嘲笑する。シビアな皮肉を込めて。

「俺はおまえのオンナじゃねーんだぞ、玲二」

「その台詞……俺に抱かれてもういっぺん言ってみるかぁ？」

いっそ無表情に声を落とし、和也の胸倉を摑んで力まかせに引きずり上げた。

「俺に押し倒されるんだったら構わねぇんだろ？　ブン殴って張り倒しての強姦《ごうかん》プレイもたまには刺激的だよなぁ、和也」

情欲の欠片《かけら》もない、凍てついた怒気だけがちりちりとスパークしているかのような双眸のきつさだった。

それでも。

「そういうことを言ってんじゃない」

和也の黒瞳は揺るがない。

視差は、そのまま互いの感情のズレとなる。和也は玲二を凝視したまま、まばたきもしなかった。

「おまえ……本当は何がなんでも俺とヤリたいわけじゃないんだろ？　最初のとっかかりがたまたまそれだったから、ズルズルきてるだけじゃないのか？」

半ば虚しい願望を込めて和也は吐き出す。

是も非もなく、玲二は沈黙する。すべての感情を呑《の》み込んでしまったかのように。だが、冷え冷えと冴《さ》えた双眸はわずかに揺らぎもしなかった。

「だから、俺は……」

「うるせー口だな」

更に言い募ろうとした和也の唇に囓《かじ》りつくように玲二がキスをする。

摑んだ胸倉をきつく締め上げて深く唇を貪《むさぼ》りながら、逃げる舌を強引に絡めて吸い上げる。

息苦しさに、爪先立ったままの和也が玲二の腕を掻き毟るまで。

それでも、玲二は和也を放さなかった。

腕で、足で抱き込んだまま、更にのしかかってくる。

違うッ。

こんなんじゃないッ！

(これじゃ同じことのくり返しじゃないか)

和也はせり上がる鼓動に向かって吐き捨てる。

唇を、腕を、足すら振りほどけないのは、ただ体格の違いだけなのだと。嫌というほど思い知らされる苦渋。

どうして、いつも、玲二は力で押し切ろうとするのか。

憤怒まじりの言葉は声にならず、荒い吐息とともに玲二に吸い取られていく。

きつく絡みつくのはぬめる情欲ではなく、冷めた怒気なのだろうか。

ブレて跳ねる鼓動は甘くもなければ熱くもない。ひたすら強いだけの沈黙がひりひりと張り詰めていく。

貪り吸われる唇だけが疼く。

（このままじゃダメだッ）

腹の底からそう思った。

今ここで、不毛な連鎖を断ち切らないと本当に駄目になる。

和也は玲二の腕に爪を立てていた指を引き剝がし、そのままゆうるりと腕を伸ばし、ぎこちないしぐさで玲二の首をかき抱いた。そうやって玲二に身体を預けたまま、初めて自分から玲二の唇を吸い返した。

ささやかな……初めての、本当にささやかな意思表示。

一瞬。ひくりと、玲二の動きが止まった。

和也はためらいもなく唇を吸い続けた。貪り返すのではなく、絡みついた吐息をなだめて引きもどすかのように、ゆうるりと。

軽く啄《ついば》むように。口角を変えて、舌で歯列をなぞる。

そうして、ゆったりと唇を外した。

玲二は無言だった。

ただじっと和也を見下ろしている。いつもの冷たい無表情とは違う、だが感情のこもらない眼差《まなざ》しで……。

沈黙が張り詰めていく。和也と玲二の、埋まらない軋礫《あつれき》を静かに搦め捕っていくように。

そして、和也が口火を切った。

「俺はおまえみたいに、なんでもかんでもすっぱり割り切ってしまえない。だから……理由がいるんだ、玲二。おまえはそれをケチなプライドってコキ下ろすけど、それをなくしちまったら俺が俺でなくなっちまう」

「——なら、理由さえこじつけてしまえば、おまえは俺のメスになるって言うんだな？」

束の間、和也は絶句した。

俺の『女』ではなく、いっそきっぱり『メス』だと言い切った玲二の声音の低さに、なぜかうぶ毛がそそけだつような気がして息を詰めた。

「女は後腐れなくヤラせてくれる女だけでいい。男はタメを張れる奴以外は用がない。欲しいのは俺を満たしてくれるメスだけだ。おまえとこうなっちまう前までは頭と下半身は別々のモンだと思ってた。だから誰とヤッたって頭の芯はいつも冷めてた。セックスっていうのはそういうモンだと思ってたから、ぶっちゃけ、ヤラせてくれる女なら誰でもよかった。けど……違ってたんだよな。おまえをブン殴って、犯して、俺は初めて知ったんだぜ。頭の芯までジンジン痺《しび》れるようなセックスがどれほど熱いかってことをな」

淡々と……ただ淡々と玲二が語る傍らで、和也は知らず息を呑む。自らが暴き出した言葉の重さに声もなく。

「赤の他人とヤルのと違って弟とセックスするにはそれなりの理由をこじつけなきゃふんぎりがつかないって言うんなら、それでもいいぞ。とことんすっきりさせちまったほうが俺も遠慮なくヤレるしな。おまえは俺のメスだ、和也。覚えとけよ。女でも男でもない。俺を熱くできるメスは、おまえだけなんだってことをな。だから俺にはおまえを喰い殺す権利があるんだ。ベッドの中でも外でも俺だけがおまえのオスなんだってことを忘れるな」

突きつけられた玲二の本音。絶句して、息を呑んで、和也は最後の最後までその告白から目を逸らさなかった。

『メス』と呼ばれることに対する屈辱も憤怒も、思ったほどには火がつかない。ただ迫《せ》り上がる鼓動だけが和也の喉を締め上げた。形容しがたい灼熱感を伴って……。


ふつふつ……と。血が泡立っていた。

うねる鼓動が吐息を煽るだけ煽って喘《あえ》ぎが止まらない。

思うさまタマをこすり揉まれる疼痛《とうつう》と。

乳首を甘噛みされたまま吸われる、快感……。
それだけで、股間《こかん》のそれは痛いほどしなる。
だが、弾けてしまうにはまだ何か足りない。
…………足りない。
背骨をひとつ、またひとつ……。ねっとりと舐めて呑み込んでいく刺激の焦《じ》れったさ。
れ、い、じィ…………。
思わずもれそうになるその名前を奥歯で噛み潰し、和也は身をよじった。
イケそうでイケない――もどかしさ。
腰を振っても。
玲二の腕に爪を立てても。
最後の波は来ない。
ただとろりとした快感だけがじわじわと和也を食《は》んでいく。
ぬるり……と。先走りの雫《しずく》が滲《にじ》むだけの生殺し…………。
もう、たまらなかった。
ぎくしゃくと、自分で手を伸ばす。
……が、そこにたどり着く前に、手首ごと身体の後ろへ巻き込まれてしまった。
「……れい、じぃ……」

呼びかけは、それと意識しない媚びに掠れた。

なのに、玲二は言うのだ。

「欲しけりゃ言えよ」

和也は潤んだ双眸を瞠って唾《つば》を呑む。

「おまえがそう言ったんだぜ、和也。コレをしゃぶってほしいのか？　それとも後ろに捻じ込んでほしいのか……どっちだ？」

耳たぶをぞろりと舐め上げ、玲二が囁く。情欲に濡《ぬ》れた淫《みだ》らな声で。初めて聞く、玲二のそんな声は。

和也は詰めた息をゆっくり吐いて言った。掠れ声をかすかに震わせて……。

「――なめ…て……く…れよ……」

「……いいぞ」

玲二の熱さが絡みつく。

ねっとり……と。

甘く……。

舌で、蜜口に滲む雫を舐め取るように。

くびれをゆうるりとなぞり、しゃぶる。淫らな水音を立てて。

「は…ぁ――……」

思わず声がもれた。

一度もれてしまうと、喘ぎも、鼓動も、もう何も噛み殺すことができなかった。

玲二の舌が誘う――高みへと。

玲二の唇が扱く――淫らに。

もどかしさも、焦れったさもない。

快感はストレートに和也のすべてを呑み込み、弾けた。最後のひと雫まで……。


翌朝。

いや、朝と呼ぶにはすでに陽が高すぎた。カーテンの裾を少しめくっただけで、そのまぶしさに思わず目が腐りそうになるほどだった。

和也はぐったりベッドに沈んだまま、何度も唇を舐める。

下半身がだる重い。

身体の芯は熱をもったみたいにひどく疼いた。

もしかしたら、切れているのかもしれない。

昨夜の恥態が不意にフラッシュバックして、和也は乾いた唾を飲み込んだ。

追い上げるだけ、煽って……。蜜口が灼けつくほど焦らされた果ての、射精。

身をよじって、尻を振って、俺はいったい何を口走ったのか……と。

知らない。

わからない…………。

覚えてない………………。

乳首を、双珠を、雄刀を、指で押し開かれたそこの肉壁まで舌でねぶられて、立て続けに上げた——嬌声《きょうせい》。

おぼろげだが耳に残っている。

忘れてしまいたい……痴態《ちたい》であった。

それを思うと、もう、起き上がるのも煩《わずら》わしくてならなかった。

最後の歯止めが外れたあとのセックスは底なしだった。

ひたすら追い上げられるだけの快感……とでもいうのだろうか。

吐息が荒れて。鼓動が切れるほど追われて。頭の芯がブレてかすむまで引きずられて……。

何度も、何度も、弾けた。

身体の中のエロジナス・ゾーン。挿入される前までのそれはねっとりと甘く、それでいてとてつもなく淫らな快感だった。何もかも玲二に委《ゆだ》ねてしまいたくなるほどの。

射精する寸前の、すべての愉悦が濃縮されて弾け出る圧倒的な感覚とはまったく別の……刺激。

錯覚ではない快感。

玲二は何も惜しまなかった。

和也の中からゆるゆると快感を煽り、淫らな獣を引きずり出していった。

和也がそうあるべきだと頑《かたく》なに固執している男としての殻を破り、何か別の人格へと変貌を遂げるその瞬間が見たい！　……とでも言わんばかりの執拗《しつよう》さで。

突いて貪るだけの快感が別の刺激にすり替わる、とてつもない不安と怖じ気。

その味を知り、それに慣れてしまったなら、もう普通の男にはもどれなくなってしまうのではないか……と。

捻じ込まれた指で押し広げられたそこから鋭痛を伴ってためらいもなく玲二が押し入ってくるその瞬間の、慣れることのない異質感。

けれども。すべての歯止めが流れてしまった今、よくも悪くも確実に何かが変わっていくのは間違いないだろう。

玲二ははっきりと告白《宣言》した。和也だけが玲二を満たす『メス』なのだと。そんな侮蔑的な言葉を投げつけられても和也は反論すらできなかった。その双眸には、今まで和也が見たこともないような真摯《しんし》な熱がこもっていたからだ。

（あー〜〜〜）

ひとしきり悶《もだ》えて、和也は頭を抱え込んで身を縮める。

とにもかくにも、玲二にとことん付き合ってやれば何かが変わるかもしれない。そんな読みの甘さを痛打されて。

これが最善なのか。

最悪……なのか。

わからなくて頭の芯がモヤる。

確信が持てるのは、自分がその手で最後の堰《せき》を切ってしまったことだけ。これから先、玲二は何のタブーも持たないだろうと。

7　メビウスの輪

十一月三連休の中日。その日はバイトのシフトもなく、和也は一日完全フリーだった。

高見《たかみ》の家に戻ってからは家賃生活から解放されて金銭的にも少しは余裕ができた。

特に、夏休み中は就活のサマーインターンを縫ってのバイトの掛け持ちという超ハードスケジュールだったが、今はファミレス一本に絞って比較的時間のゆとりもできた。

それもあって、気分転換にバイクでツーリングに出かけた。黒崎《くろさき》 享《とおる》と二人で。

晩秋の山道をバイクで走り抜けるのは爽快《そうかい》だった。日頃の憂さ晴らしという意味でも。少なくとも、そうやって走っているときには頭の中を空っぽにできるからだ。

純粋に和也はバイクが好きだった。バイトで貯めた金で中古のバイクを買ったときには一種の達成感があって、わくわくしながらバイクを眺めていた。そんな和也を玲二《れいじ》はどこか白けた目で見ていたが。

享となんとなく友人関係が続いているのも享のバイク好きも相当なものだったからだろう。趣味が合うということはそういうことだ。あえて言葉にしなくても同じ感覚を共有できる。それは、警戒心が強い和也の友人レベルのハードルが一段階下がったことを意味する。和也自身がそれを自覚しているかどうかは別にして。

だから、享からツーリングに誘われたときも断らなかった。

しばらく走って、山の中腹あたりでバイクを止めた。

「すげーな。遠くの山肌までくっきり見える」

「……だろ？　ここ、けっこう穴場なんだ。観光客なんか滅多に入ってこないからな」

「バイカー仲間だけが知ってる絶景ってやつ？」

「まぁな」

享はジャケットの内ポケットから煙草を取り出して火をつけるとうまそうに吸った。

「けど、誘ってもらっておいてなんだけど、こういうの……いまいちおまえのイメージじゃないよな」

「あぁ？　何が？」

「はっきり言って、こんな山の中でのんびり煙草を吸ってるよりは夜の首都高を仲間とツルんで派手にぶっ飛ばすタイプに見える」

「ひでぇ言われようだな。どこの暴走族かってーの。だいたい、そういうのは今どき流行《はや》らないだろ。ほかにお楽しみがない田舎の不良《ヤンキー》はどうか知らないけど、俺は常識的《まっとう》な都会人だって」

携帯用灰皿に煙草の灰を落としながら、そんなことを言う。

「ごく普通の常識人っていうのはな、目につくところに一点豪華主義が相場なんだよ。おまえみたいに、あっちもこっちも、ついでに見えないところまで金をかけてます……じゃあな」

和也のバイクは『カワサキ』の中古車だが、享が乗っているのは『トライアンフ』の最新モデルだ。濃紺のボディーが艶《つや》めいている。初めて享に会ったときは『カワサキ』のザンザスだったのに、いったい何台高級バイクを所有しているのやら。

享とのそもそもの馴《な》れ初《そ》めはクラブ『アモーラル』での、今思い出しても胸くそが悪くなるようなゲームだった。

それがどうして、こんなふうに付き合うようになったのか。あまり人付き合いがいいほうではなかったのに……と和也自身は思っているが。きっかけは、自分の周りでいったい何が起きているのか知りたいと思ったからだ。玲二には『よけいなことに首を突っ込むな』とクギを刺されたが、それでも自分の足下だけはきちんと見極めておきたかった。

その情報源として『アモーラル』の常連だという享は格好の相手だったのだ。

桂《かつら》ビルのオーナーのこと、玲二のこと。自称レイジの親衛隊長だった小池《こいけ》秀次《しゅうじ》のことまで、聞けば享はすんなりと答えてくれた。ただし、歓楽街の噂は玉石混淆《こんこう》だからという前置きは付いたが。『アモーラル』でのことは口外無用というルールがあるので教えられない、とも言われた。和也もそこまで突っ込んで聞きたいとは思わなかった。

それを抜きにしても、たまに待ち合わせて享と飲む酒は妙に旨《うま》かった。最初に『アモーラル』で感じた胡散臭さが嘘のように。

もしかしなくても、末端神経がささくれだつような玲二との日常に疲れ果てていたのではないかと和也は思う。見栄を張って、意地を通して、プライドがきしきしと音を立てるような日々に……。

黒崎享は、そんな和也のカサついた心の中にするりと滑りこんできたのだ。押し付けがましさのない心地好さでもって。

誘われて都合がつけば出かける。それが酒であれ、ツーリングであれ、ふと気がつけば玲二のことを抜きにして享と会うことになんの違和感もなくなっていたのだ。

しかし。

会って、うまい酒を飲み。笑って重ねるグラスの数がひとつ増え、ふたつ増え……。そうやって、いつの間にか、享の友人の輪の中にすんなり収まってしまっている自分に気付いた。そして、遠巻きにねっとりと絡む視線の存在にも……。

羨望《せんぼう》と嫉妬《しっと》。憧憬《どうけい》と刺々《とげとげ》しさ。それは確かに馴染みのあるものでもあった。

久しく忘れかけていた、玲二絡みのときに感じていたあれである。それが和也に思い出させた。享が『アモーラル』の常連であったことを。高校時代の気のおけない友人関係とは違って、享はそれなりのバックグラウンドがある。そこで、気持ち的に少しだけブレーキがかかった。

それでも、享との付き合いをやめようとも思わなかった。享との関係が居心地よかったからだ。言ってしまえばそれに尽きるかもしれない。

「ケチくさいことを言うなよ。金と権力は使って初めてその価値が増すんだ。ただ持ち腐れているだけじゃ何の意味もないだろ」

「それって、持てる奴の傲慢《ごうまん》だろ」

「持てない奴の僻《ひが》みとも言うけどな」

（こういう台詞をさらりと吐けるとこが、なんか胡散臭いっていうか……。これで性格が歪んでたりしたら最悪だよな）

享は携帯用灰皿の煙草を押しつけて火を消した。

「あ、そうそう。十二月の十日、ちゃんと空けといてくれよ？『アルテミス』でちょっとしたイベントをやるんだ」

「俺はしがないバイト野郎だぜ。かき入れ時にそうそう付き合ってらんねーよ」

享がどこの何様で、何の仕事をやっているのか、和也は知らない。たぶん、自分の都合で自由に時間を使えるクリエーターもどきかな……とは思っているが。そこらへんのことを享自身が語らないうちは詮索しないのが和也のポリシーだった。

興味と関心が深まれば、いろいろ詮索したくなる。それが強まれば何かしらの執着を生む。その権化のような玲二を見知っているだけに、和也は意識的に制限をかけたとも言える。今の居心地のいい関係を壊したくなかったからだ。

「今遊んでおかないで、いつ遊ぶってんだ？　遊びは将来のための投資だぜ。酒飲んで、バカやって、スリルを共有して……そうやって人脈を繋《つな》いでおくんだ」

「そりゃあ、金と暇のある奴の台詞だろ？」

「プラス若さ？　こればっかりはいくら金を積んでも時間をかけても手に入らないからな。人間年食ってよけいなシガラミ持っちまうと頭も度胸も動脈硬化しちまう。……だろ？」

否定はしない。

（たまにすげー蘊蓄《うんちく》語るよな、こいつ）

なんだか摑み所がない。それも享の魅力のひとつだと言えなくもないが。

「午後の八時。きっちりキメて来いよ？　彼女連れで」

「振られたばっかりだ」

「なら、いいのを見繕ってやる」

「よけいなお世話。ていうか、なんで俺を誘うんだ？」

「そりゃあ、おまえと楽しみたいからだろ」

なんだか変に口説かれているような気分だった。だからだろうか、いつもならばすっぱり断って終わりにするのに、つい突っ込んでみたくなった。

「どういうイベント？」

「それは来てからのお楽しみってやつ？」

「まさか、変なゲームとかじゃないよな？」

とたん、享がプッと噴いた。

「なんだよ。オークション・ゲームでのことをまだ根に持ってるのかよ？」

「………トラウマだよ」

ぶすりと和也がもらすと。あれやこれやを思い出したのか、享はひとしきり肩で笑った。

「大丈夫。そういうんじゃないから」

「もしかして、おまえの仕切り？」

「違う。友人の……友達？」

なんだ、それは。ほとんど無関係ってことじゃないのか。

「とにかく、来いよ。なんなら……レイジ同伴でもいいぞ？」

思わず和也が睨むと。

「腰巾着《こしぎんちゃく》の親衛隊長をフクロにされたレイジと、その元凶のカズヤのツー・ショットなんて、ちょっと他所《よそ》じゃお目にかかれない異色のカップルだろ？」

享は意味ありげにその目を見返した。

「俺が直接レイジに声をかけてもいいんだけど？」

軽めの口調とは裏腹の強い眼差し。

そうして。和也はふと錯覚する。もしかして、和也と付き合う享の真の目的はそういうことだったのだろうかと。

「もしかして、おまえも『将を射んと欲すれば……』のクチだったわけ？」

知らず、声のトーンが低くなる。

享は一瞬目を瞠り、次いで唇の端で笑った。

「……なるほど。人前でおもいっきりレイジをひっぱたくような奴だから、どういう関係？とは思ってたけど。そういう苦労をさせられてるわけか。まぁ、俺の興味はもっぱら馬のほうにあったりするけどな。レイジとじゃあ、どうやったって近親憎悪にしかならないような気がする」

軽口は叩いても本心は見せない。それが黒崎享という男なのかもしれない。

「来いよ、絶対。俺の顔を潰すなよ？」

きっちり念を押すことだけは忘れない享であった。

§　§　§

桂ライフ・ビルディング最上階。森島明人《もりしまあきと》から『ダークマター』のホストの勧誘を受け、了承した見返りとして最上階の一室を提供された。

和也が高見の家に戻ってくる前まではこの部屋が玲二のセカンド・ハウスになっていた。専用のコンシェルジュがいて、至れり尽くせりである。この部屋からクラブに出勤して深夜に帰って来るという生活をしていた。

今は、仕事の垢《あか》を落として素の自分に戻るための衣装部屋《ドレッサー・ルーム》と化してしまった。

シャワーを浴びて、冷えたミネラルウォーターのボトルを片手にソファーで寛《くつろ》ぐ。その顔つきは硬質な中にもスッキリとした柔らかさがあった。おそらく、玲二にそんな顔ができるなどとは誰も知らないだろうが。

もっとも、玲二自身、そういう顔を曝け出しているという自覚すらないのかもしれない。そんな玲二の頭にあるのは、あの夜の和也のことだ。

——俺はおまえみたいに、なんでもかんでもすっぱり割り切ってしまえない。だから……理由がいるんだ、玲二。

柔らかい、まるでティーンエイジャーのままごとにも似たキスで束の間玲二の動きを封じたあと、低く噛み締めるように和也が言った。今更何を寝ぼけたことを言っているのかと嘲笑することさえためらわれるような、真摯な眼差しで。

——おまえはそれをケチなプライドってコキ下ろすけど、それをなくしちまったら俺が俺でなくなってしまう。

搦め捕られたのは、視線か。

それとも、鬱屈して渦巻いた激情だろうか。

その瞬間、玲二は、深々と楔を打ち込まれたような気がした。

だから。思わず本音がこぼれた。おまえは俺の『メス』なのだ……と。

実意には本心で返すのが礼儀なのだと、そんな殊勝さなど欠片もなかったはずなのにだ。

(……いや。そうじゃねぇな)

玲二はかすかに自嘲する。

もしかしたら、自分に異母兄がいるかもしれないと知った日から。父親にとっては自分が唯一の子どもではなく、もっと、ずっと愛されているかもしれない『秋葉《あきば》和也』という存在を知ったときから。その異母兄《和也》を喰い殺す権利があるのは自分だけだと思っていた。

和也だけが玲二を熱くする。

よくも、悪くも。

頭も、身体も。

始まりは身勝手に離婚した両親に対する怒りだった。どこにもぶつけようのない……腹立たしさ。

それが和也の存在を知ったとたん、一気に弾けた。

未婚のシングルマザーの息子。玲二のことなど何も知らないだろう、子ども。だが、母親の愛情にくるまって育ったに違いない幸せな少年。

だから、メチャクチャに踏みにじってやりたかった。

あいつの物はなんでも喰らってやるッ！

そう思うことで、いつの間にか和也のことしか考えられなくなった。

どんな悪意をぶつけても和也は揺らがなかった。いつでも、まっすぐ、玲二の目を見返してきた。

その目をおもいっきり抉ってやりたいッ！　そんな衝動に駆られた。

単なる怒りではなく、憎しみよりももっと凝縮されて抑圧された——血の滾り。

渦巻いて。

掻き毟られて。

のたうち回って窒息してしまう前に、きっかけが欲しかった。ねっとりと粘り着く胸糞悪《むなくそ》さをブチまけてしまうための、きっかけが。

けれども、それは。ただの衝動ではなく、正当化された欲望でなければ意味がなかった。

そして、あの日——玲二は手に入れた。胸の底でドス黒くうずくまる獣《ケダモノ》を解放するための、正当な『理由』と『手段』を。

和也のプライドと肉体を力まかせに引き裂くことの、思ってもみない灼熱感。和也がもらす哀願が、蒼白《そうはく》な悲鳴が、更にそれを煽った。

暴力と凌辱《りょうじょく》。

今まで、玲二にはそんなものは必要なかった。

男は玲二にへつらうか嫌うか……その二種類しかいなかった。そのどちらにしても、玲二は平然と無視してきたし、それでも格好をつけて無駄に絡んでくるような奴には有無を言わさず軽蔑を浴びせてやった。

女は黙っていても擦り寄ってきて、自ら進んで足を開いた。

日常は退屈な檻だった。

玲二はいつでも冷めていた。

だが。和也を思うさま殴りつけたとき、玲二は、自分がこれほど熱くなれるとは予想もしていなかった。

強者が弱者を喰《く》らう。極めて単純明快な理屈が血を沸騰させた。

力まかせのセックスで和也をねじ伏せる――熱《あつ》さ《さ》いうねり。

和也が顔を、声を、身体を引き攣らせて玲二を拒絶する――淫靡な快感。

股間で張り詰めた、痛いくらいに反り返ったモノを力まかせにねじ込み、容赦なく突き上げることの――灼熱感。

それは今までのセックスでも感じたことのない、脳みそがグチャグチャに痺《しび》れるほどの絶頂感だった。

セックスは単なる排泄《はいせつ》行為だと思っていた。溜まれば、出す。だから気軽に後腐れなく楽しめればそれでいい……と。

だが、和也とのセックスはまるで違っていた。

どこもかしこも灼けつくように熱い。熱くて、気持ちがよくて……もうたまらなかった。

半分だけ父親の血を分けた、兄かもしれない。そんなことで玲二は止まらなかった。

欲しいものは取る。必要でないものは切り捨てる。それが玲二の信条だった。背徳感だとか禁忌《きんき》だとか、そんなものはどうでもよかった。

血の絆……。言ってしまえば、その言葉は、和也を自分に……高見の家に縛りつけておくための方便に過ぎない。あるいは、和也とのセックスをより濃厚なものにするためのエッセンスだろうか。

弟が兄に発情して犯す。常識人の和也にとって、それが唯一のネックになっているのだと玲二は知り尽くしている。

だから、くり返し囁いてやる。

「おまえとのセックスは血の味がする」

――と。

和也の耳元で。たっぷりと甘く、痺れるほどの毒を込めて……。

そうすることで、和也の身体はどこもかしこもむせかえるような熱をもった。

ただの快感ではない。頭の中も、身体の芯も、そして雄刀の先までもが灼けつくような灼熱感だった。

その蕩《とろ》けるような味を覚えてしまったあとでは、どんなにイイ女と寝ても、何もかもが色褪《あ》せて見えた。

すべてがモノトーンに沈む中、和也だけが色鮮やかに浮き上がる。

もっと。

更に……。

なお一層………。

何かが玲二をせき立てる。

和也が悲鳴を嚙んで深々と玲二を呑み込んでも、渇えたものは埋まらない。

抉っても。貫いても。貪っても。まだ何かが——足りない。

性欲だけでは満たされない飢餓感……。森島明人はこともなげにそれを『過ぎたる執着』だと言ってのけた。

そのことだけに囚《とら》われて、身も心も磨《す》り減らして呪縛するのが『憎しみ』ならば。『愛』は幸福で残酷な思い込みだろう。そして、一番始末に負えないのが底なしの『執着』なのだと。

なのに。あの日、和也から初めて返されたキスひとつで、それはあっけないほどすんなり宥《なだ》められてしまった。

落ちた。

あっさり陥落《お》ちた。

だから——吐露してしまえたのだろう。

理由さえこじつけてしまえば、和也はもっとずっと深く自分を満たしてくれる『メス』になる。だったら、本音などいくらでもくれてやる。

甘ったるい家族ごっこ……ではない。

欲しいのは、血の繋がりを超えて渇えを満たしてくれる熱さだ。

和也だけがそれを持っている。

背徳は愛より甘く、情欲は禁忌よりもなお昏い『毒』なのだろう。

だったら。

（毒をくらわば皿までも、だよな）

玲二は唇の端でシニカルに嗤《わら》う。

出口のない迷路などない。出口がなければ壁をブチ抜いて別の出口を作るまでのことだ。たとえそれが、世間の常識から大きくかけ離れていようとも。今の玲二には、掻き捨てにする恥もなければ気になる世間体もなかった。

8　禁断のミッドナイト・コール

津村《つむら》家。

麻美《あさみ》が未婚のまま子どもを産むと爆弾宣言をしたその日を境に津村家は重苦しい雰囲気が続いていた。まるで家族間の繋がりが一気に切れてしまったかのように、会話もなくなってしまった。

父親に平手打ちにされてしばらくは野上愛子《のがみあいこ》の部屋に避難状態だった麻美だったが、いつまでも居候を決め込んでいるわけにもいかなくて、結局、家に戻った。

父親とはあれ以来冷戦状態が続いている。顔を合わせることもなかった。

午後十時三十分。

麻美は自室のベッドに座り、ひとつゆったりと息を吐いてスマホの通話ダイヤルをタップする。まずは〔184〕。非通知の番号を入力して、高見《たかみ》家の電話番号を押した。

いつもの時間。

同じようにくり返される……就眠儀式。断ち切れない想いの深さが、未練の苦さが、指の先でかすかに震えて消えた。

麻美の重苦しい心情とは裏腹に、軽やかなコール音だけが冷ややかに麻美の耳朶《じだ》を舐め上げる。

いつものように麻美は数を数える。声には出さず、胸の内で噛み締める。

……なのに。

七回を数えたところで、それは不意に切れた。麻美は思わず息を呑んだ。

コール音は途切れたのに沈黙は途切れない。留守電モードに切り替わったわけでもない。通話モードは続いている。

次の瞬間。

『麻美だろ、おまえ』

頭の芯がツキンと音を立てて冷たく痺れた。

『嫌がらせも、たいがいにしとけよ』

こわばりついた唇が更に色を失って凍りついた。

違うッ。

そうじゃないッ！

その叫びは麻美の喉を灼いただけで言葉にはならなかった。

『なら、ずっとそうしてろ』

耳慣れたトーンの低さが麻美を金縛りにした。

まばたくこともできず。

唇は引き攣《つ》り。

スマホを握りしめた指は強《こわ》ばりつき。

吐く息さえ………凝《こご》った。

そうして、重く痺れた鼓動がこめかみを締め付けたとき。

『おまえ、いつから気づいてたんだ？』

思いがけない声が更に麻美を揺さぶった。

（ウソ……。なんで、高見君？）

鼓動が一気に逸《はや》った。

そして、今更のように気付く。通話がまだ途切れていなかったことに。束の間、麻美は混乱する。それがどういうことなのか、わからなくて。

『いつも判で押したように夜の十時半。それもきっかり十回で切れる電話なんて、あいつ以外いやしねぇだろうが』

『なん……だって？』

『何が？』

『なんにも言わないままで切れちまったのか？』

『バカか、おまえ。俺に面と向かって文句タレる度胸なんかねぇから、ネチネチ嫌がらせなんかしてきやがるんだよ』

詰めた吐息が胸苦しさに弾けてしまう寸前、麻美は強ばりついて痺れのきた指でスマホを更に強くギュッと握りしめた。

(ウソでしょ?)

和也はなぜ、高見の家にいるのだろうか。

(……なんで?)

もしかして、和也が高見の家に戻ったのか。

(どうして……?)

兄弟の仲はこじれきっているはずなのに。

(あり得ないでしょ?)

困惑を過ぎた驚愕が渦を巻いて、しばし、二人の声を遠ざける。

埋まらない兄弟の軋轢。

そこに亀裂《きれつ》を入れたのが麻美の裏切りだった。兄《和也》を捨てて弟《玲二》に走るというスキャンダラスな行為によって亀裂は修復不可能になった。同時に麻美も大バッシングに遭って愛子以外の友人をごっそり失った。

確執は今も続いているはずだった。

こじれて歪みきった兄弟の絆はもう二度と元には戻らない。

玲二が欲しいという麻美のエゴがそうさせた。罪悪感がないと言えば嘘になる。覚悟の上だった。……はずなのに、代償はあまりにも大きすぎた。

だからこそ麻美は玲二の子を産むことですべてを昇華させようと思ったのだ。和也、玲二、麻美、三人の関係が修復できないほどこじれきってしまったのなら、せめて愛の証《あかし》だけは残したいと。

ただの自己満足……。わかっている。けれど、そうでもしなければ何もかもがあまりに惨《みじ》めすぎて自分の足で立っていられなかった。

なのに。和也と玲二は、まるで何もなかったかのような顔でまたあの家で暮らしているのだろうか。

麻美一人を取り残して?

わけのわからない感情が膨れ上がって、頭の芯を締め付ける。

そのとき。

突然。

耳の奥を刺すような声がした。

『声……せ、よ』

とろりとした甘い声。

麻美にはそれが誰の声なのかわからなかった。耳慣れない、あまりに扇情的な声だったので。

ひと息置いて、低い、くぐもった声がもれた。

麻美は絶句した。それが、何であるのかを知って。

(玲二…の——新しい彼女?)

視界がブレて、鼓動がひくりと跳ね上がった。

(誰……?)

高見の家に玲二が新しい女を連れ込んでいるのだと思った。

高見の家はある意味聖域だった。和也と付き合っているときでさえ麻美は一度も家に招かれたことはない。兄弟関係が上手くいっていないのだからしょうがないと、当時は割り切っていた。玲二とそういう関係になってからはますます忌避感が募った。

なのに……………。

…………どうして?

知らず唇がわなないた。

怒りで?

嫉妬で?

それとも、わけのわからない吐き気が込み上げてきたから?

『どこがいい?』

かつて一度として聞いたことがない、玲二の甘い声。

それだけで膨れ上がった鼓動に胸が押し潰されそうな気がした。

『言えよ……。おまえの好きなだけ舐めてやる』

ねっとり……と。耳孔を舐めるような囁き。

『乳首噛んで、吸ってやろうかぁ?』

束の間、麻美は眩惑《げんわく》されそうになる。耳元で、玲二が自分に囁きかけているような、そんな錯覚に。

それほどまでに玲二の口調は淫らで、蕩けるように甘かった。

『声……聞かせろよ。おまえ、俺にこうされんのが……好きだろ?』

瞬間。子宮がぞわりと疼いた。

羞恥心など感じる余裕もないほどの既視感……。そこには確かに玲二の子が息づいているというのに、麻美が感じたそれは愛欲と呼ぶには強烈すぎるほどの餓《う》えだった。

玲二は見せつけているのだ。

受話器の向こうから……。

この女が自分の新しい『メス』なのだと。麻美に思い知らせるように。

高見の家で玲二が女を抱いている。それはつまり、和也ですらもが容認している女ということになる。

ウソよ。

……ダメよ。

………許せない！

そんなことを口走る権利も資格もないというのに、麻美は目も眩《くら》まんばかりに激しく嫉妬した。高見家で玲二に抱かれているに違いない、顔も名前も知らないその女に。

『声……出せよ、和也。おまえのよがり声、聞かせろ』

一瞬にして、麻美は芯から凍りついた。

弾ける寸前まで膨れ上がった鼓動が。

腰をあぶり灼く嫉妬が。

滾り上がった血のうねりが。

その瞬間――――氷結した。

『んっ…あ……いッ…あ――っ………』

耳孔をちりちりと刺激する、細く、吐息を絞り上げるような喘ぎ声。

真っ白になった頭の中で、和也の声だけが何度も……何度も……雪崩《なだ》れ落ちるようにリピートする。

それしか、聞こえない。

それしか、見えない。

（ウ…ソぉ……）
麻美はスマホをきつく握りしめたまま、呆然《ほうぜん》と視線を浮かせた。
（だって、兄弟じゃない。血はつながってなくても、兄弟なのに……）
声なき声が。
（ホントに高見君なの？　どうして高見君なのよ）
乱反射して。
（玲二の本命って……まさか、高見君？）
麻美を絶望のドン底に突き落とした。
『やめッ……れい、じっ――も……は、はいらね…てッ……ヒッ……』
『まだ、だ。ほら……しっかり奥まで銜《くわ》えろ』
『ひっ…あぁぁ〜〜〜』
頭の後ろの片隅で……和也が哭《な》いている。
『うごく、なッ……。た、たの…む、か…ら……』
まじりけのない脅えを孕《はら》んだ和也の切れ切れの哀願が。
『心配すんな。切れたら、あとでちゃんと舐めてやる。奥の奥まで……な』
情欲に濡れた玲二の忍び笑いが目の奥で浮いては沈み、沈んでは跳ねる。
（こんなの、ウソよぉぉぉ…………）

『も……イけ…よお……。玲二……もう……イッて……くれよ……いっ…あ、ヒ――っ』

和也の哭く声が、遠く、近く、渦巻いてはまた遠くなる。

釣られるように、麻美の唇から指先から血の気が抜けていく。

その瞬間、麻美の手からスマホが滑り落ちた。足下に……。それを拾い上げる余裕も気力も残ってはいなかった。

(そんな……いつから?)

(わたしだけ何も知らなかったたってこと?)

(玲二がわざと聞かせたの?　ふたりがそういう関係だって……)

(……どうして?　なんで、こんなひどいことするのよ)

(わたしのせい?　わたしが悪いの?)

くり返す言葉の虚しさが鼓動を突き刺し、きりきりと喉を締め上げる。その痛みから逃れたくて麻美はふらりと立ち上がった。けれどまるで力が入らなくて、よろけた弾みにスマホを踏んで転び、したたかに腹を打った。

「……ッ…ううう」

痛みに呻《うめ》いた瞬間、いきなり別の痛みが麻美の下腹を蹴り上げた。子宮をわしづかみにされて、そのままねじ切られるような激しい痛みだった。

麻美は思わず両手で腹をかき抱き、血が滲むほどきつく唇を噛み締めた。

（いやッ）

「ダメっ」

（いかないでーッ！）

麻美は滂沱《ぼうだ》の涙を流し、必死に奥歯を食いしばる。

あなたまで、わたしを見捨てないでッ！　――と。

9　災厄が頭の上から落ちてくる

十二月十日。渋谷《しぶや》。ネオンの洪水の中を行き交う人波と車の騒音は午後九時を過ぎても途切れなかった。

スクランブル交差点を直進し、二つ目の信号を左に折れたところで和也《かずや》はタクシーを降りた。駅前再開発が終わってすっかり新しくなった渋谷方面にはめったに来ないのでまるで勝手がわからない。スマホのマップアプリがなければ目的地にはたどり着けないかもしれない。そんな不安を抱えながら、入り組んだ狭い道をマップ頼りに歩いて行くと、ようやく目指すビルに着いた。

（えーと、イベント会場はこのビルの地下二階だっけ？）

チケットはもらったが何のイベントなのかまでは知らない。聞いても、亨《とおる》は『来てからのお楽しみ』を強調するだけで、友人の知人が主催するイベントだとしか教えてくれなかった。

ちなみに、チケットに印字されてあるのは『日時』『場所』『主催者名と催事名称』『シリアルナンバーらしきもの』である。ごく普通のチケットとなんら変わりはない。

何をもったいぶっているのかはわからないが、しつこく誘ってくるわりには情報量が少なすぎて本当に不親切きわまりなかった。

さすがに行って恥は掻《か》きたくないのでドレスコードがあるのかないのか、それくらいははっきりさせろと愚痴《ぐち》ると。

——特に決まってない。つーか、本人のセンスにおまかせ？

などと言い出す始末だった。

本当に、一発殴ってやろうかと思った。あまりにも無責任すぎて。

それでも『きっちりキメてこい』というのだから、和也も華美《フォーマル》にはならない程度にジャケットスタイルでやってきた。

今どきはそういうサプライズ・イベントが流行なのかもしれないが、和也的にはあまり気乗りがしなかった。それでも享がしつこく誘うので、とりあえず顔だけでも出しておくかという気にはなった。

一階のエレベーターホール近くに来ると、派手に着飾った女たちが屯《たむろ》していた。パートナーと待ち合わせでもしているのかと思ったが、別にそうでもなさそうな感じだった。

そんな彼女たちの目の前を優越感をちらつかせるような顔つきで悠然《ゆうぜん》とエレベーターに乗り込むカップル。それを羨望《せんぼう》と嫉妬《しっと》まじりに彼女たちはちらちらと流し見ていた。

（なんなんだ？）

内心で小首を傾《かし》げながら和也が歩いて行くやいなや、そのうちの数人が足早に擦《す》り寄ってきた。

「あの、もしかして『アルテミス』に行かれるんですか？」

「そう……だけど」

「おひとりですかぁ？」

頷《うなず》くと、横から身体を押しつけるように彼女たちは口早にまくし立てた。

「チケット譲ってくださいッ」

「売ってくださいッ」

「言い値で買いますからッ」

「お願いしますッ」

和也は面食らった。享が言うところの『ちょっとしたイベント』にそういうプレミアがついているとは予想もしていなかった。

彼女たちの『お願いします』攻撃に辟易《へきえき》する。きっぱり断ってもしつこかった。振り切るつもりで乗り込んだエレベーターの中まで追いすがってきた。

「じゃあ、あなたの連れってことにしてくださいッ」

意味がわからない。あまりの執拗《しつよう》さに、冗談では済まされない真剣な顔つきに、和也はたじたじどころか不快になった。

「今夜のイベント、今ネットで人気急上昇中の覆面アーティストのデビュー・イベントじゃないかって噂《うわさ》だもんね」

「絶対、見てみたいよね」

「だって会場全面撮影禁止とか、もう絶対にアタリじゃない？」

「みんなバンバンつぶやいてる」

「ビルの裏口あたりで出待ちしてる人たちもいるらしいよ？」

彼女たちは興奮気味に勝手にしゃべり出す。

（………そういうこと？）

その覆面アーティストの名前すら、和也は知らないが。

地下二階。エレベーターを降りて数メートル先にある幅二メートルほどの解放されたドアの前で、チケットを確認するスタイル抜群の二人の黒服《イケメン》がいた。

今夜の『アルテミス』はチケット制なのだろう。ちらりとドア横に目をやると『本日貸し切り』のボードが立てかけられてあった。和也がもらったタダ券は単なるイベントの招待券だと思っていたが、どうやらそうではなかったらしい。チケットを持たない客にはドアの前に立ち塞《ふさ》がる黒服が慇懃《いんぎん》且《か》つ確固たる物腰でお帰りを願っていた。

普段の『アルテミス』がどういう仕様になっているのか知らないが、ドアの前で恨めしげにこちらを見ている集団は、もしかしたら今日が貸し切りであることを知らずにやってきた者たちなのかもしれない。

「いらっしゃいませ。チケットを拝見させていただきます」

そう言って軽く頭を下げた男に和也は見覚えがあった。クラブ『アモーラル』のオークション・ゲームで檻《おり》の中からプレミアムな囚人を舞台へエスコートしていた看守役の黒服だった。

（……え？　もしかして今夜のイベントの仕切りって『アモーラル』の関係者？）

和也が上着の内ポケットからチケットを取り出すと、黒服は様になる手つきで半券を切って戻した。

「そちらはイベント企画のゲーム・ナンバーとなっております。最後までお持ちになってください」

ゲームと聞くと条件反射的にオークション・ゲームのことが思い出されて、内心舌打ちをしたくなる和也であった。

それよりも何より、彼女たちが言っていた噂話の信憑性《しんぴょうせい》を確かめたくて黒服にさりげなく聞こうかとも思ったのだが。……やめた。ここでそんなことをうっかり口にしたら彼女たちがますます図に乗るのではないかと懸念して。どうせ、会場に入ってしまえばその真偽もわかるに違いない。

黒服は和也を取り巻くように寄り添っている彼女たちに目を向けた。

「チケット、よろしいですか？」

その言葉尻に被《かぶ》せるように、一人が和也の腕をがっちり摑《つか》んで叫んだ。

「連れですッ」

どうしてもイベントに参加したいという気持ちはわからないでもないが、強引すぎて——引く。

「申し訳ございません。お連れ様もチケットが必要でございます」

「本当に連れなんですッ。チケットはその……忘れてきてしまって……」

見苦しい嘘も安直な願いも、黒服はアルカイックな微笑ひとつでやんわりと切り捨てた。

「誠に申し訳ございませんが、チケットをお持ちでいらっしゃらないお客様はお連れ様であってもご入場いただけません」

返す目で和也を見やり、中へと促した。

「お客様はどうぞ、お入りください」

プロとは得てしてこういうものなのだろう。恨めしげに彼女たちに睨《ね》めつけられても、黒服は眉ひとつ動かさなかった。

§　§　§

地下二階のライブ・スタジオを借り切ったイベント会場は異様に盛り上がっていた。

左の壁側には飲み物と食べ物がビュッフェ形式で並べられ、ボリュームを全開にしたハウス・ミュージックをバックに、それぞれが思い思いに楽しんでいた。和也にはわからないが、周囲の反応から察するにどうやら有名どころのＤＪが音楽を担当しているらしい。

そんな中で、和也はノンアルコールのグラスを片手にひとり壁の花に甘んじていた。

（んー……なんか場違いって気がする）

開場から一時間近く遅れてきたせいもあるだろう。が、やはりパートナーがいないということが最大のネックになっていた。……ように思う。

まるで、それがこのイベントのルールでもあるかのように、カップルは互いの指を、腕を大胆に絡ませている。

享がなぜ、ああもしつこく彼女連れで……と念を押したのか。ここへ来て初めて痛感した和也だった。一応チケットは二枚もらったのだが、使う当てもなかったので自分の分だけしか持ってこなかった。享は『レイジ連れでもＯＫ』などとふざけていたが、それは別の意味で完全にアウトだろう。

要するにナンパ目当てのシングルは恥をかく……というわけだ。こうもあからさまにそれを意識させられると、なんだかわけのわからない疎外感に押し潰《つぶ》されそうな錯覚さえしてきそうだった。

ざっと見渡してみたところ、参加者は二十代から三十代というところだろうか。中年層とみられる年代はいないように思われた。

そのせいだろうか。とにかく派手なのだ。男も、女も。ドレスコード＝《イコール》本人のセンスまかせ——としか言われなかったが、その派手さが半端じゃない。靴の先から髪の先までしっかり『気合い』と『金』をかけてます的なところが。一応、和也もそれなりの格好でやってきたのだが、センスの波に埋もれるどころか、ある意味地味すぎて変に悪目立ちをしていた。

浮いてる……なんてものじゃなかった。ドアを潜ったとたん、非日常の中に紛れ込んでしまったかのような錯覚にどっぷり重いため息がもれた。

（いったいどういう趣旨のイベントなんだ？）

開場の際にオープニング・セレモニー的なスピーチがあったのかもしれないが、遅れてきた和也には今もってどういう趣旨なのかもわからない。やはり、メインは噂の覆面アーティストのデビュー・イベントなのだろうか。

なにはともあれ、来たからには好きに楽しめればいいのかもしれないが、ボッチ状態ではそういう気にもなれなかった。

見知った顔がまるっきりない……わけではなかった。享とつるんでいるうちに顔馴染《なじ》みになった者をちらほら見かけた。だが、彼らは当然のことのように彼女連れで、そこに割り込んでまで声をかける気にはなれなかった。

それにしても、生花をふんだんに使った会場の飾り付けといい、盛りつけられた料理の豪華さといい、酒の種類といい……。半ば強引に押しつけられたチケットはいったいいくらで売られていたのだろうと、ついそんなことまで考えてしまう和也だった。

（いったい享はどこにいるんだ？）

腕時計を見ると、もうじき二十二時だった。

壁の花と化して、早、一時間。そろそろ限界に近かった。

だが、帰るにしても、享に一声かけてからではないと来た意味もなくなってしまう。

なにしろ。

『俺の顔を潰すなよ』

とまで、念を押してくれたのだから。

享がこのイベントを仕切っているわけではないと強調していたが、やはり無関係ではないのかもしれない。

それとも、意味深な台詞《せりふ》はもっと別の意味を孕《はら》んでいるのだろうか。

享はいったい、どの顔を潰すなと言ったのか。もっとはっきり聞いておけばよかったと今更のように舌打ちをした。

なのに、肝腎《かんじん》要の本人は、いったいどこで何をしているのだろう。

何度視線を巡らせても、視界にはちらりとも引っかからない。いいかげん退屈すぎて、煮詰まってこようというものだ。

（はぁ……。もう帰りたい）

人いきれで悪酔いしてしまいそうで、ため息まじりに天井を仰ぐ。

（しょうがない。ちょっと、外の空気でも吸ってくるか）

壁の花と化していた和也は小さく弾みをつけて伸び上がった。

氷が溶けてすっかり水っぽくなったグラスを近くのテーブルに置いて歩き出す。歩くだけで肩がこすれあう人波を縫うようにすり抜ける。それでも、目指すドアは遠かった。

そうやって、改めて思った。まるで、このイベントに参加できることがひとつのステータス・シンボルでもあるかのような盛況ぶりだな……と。

けれども、やはり、避けては通れないトラブルというものはどこにでも存在するものなのだろう。

きれいに髪をオールバックになでつけた長身のクローク係の付け焼き刃ではない物腰の柔らかさで、

「お帰りでいらっしゃいますか？」

その声に頭を振って、

「いや、ちょっと外の空気を……」

和也が言葉を濁したその先で、突然。

「おまえら『アモーラル』の黒服だろうが。俺の顔を忘れたなんて言わせねーぞッ」

がなり声が響いた。

驚いて目をやると、着飾った男と両手に花状態の三人連れがいた。女二人は派手なウエーブヘアとショートボブのモデル並みにスタイルのいい美人だった。

「ドア・ボーイのくせしやがってエラソーな口きくんじゃねーよッ」

物言いどころか顔つきからして横柄を絵に描いたような男だった。怒鳴り声の端々にまで青筋を立てわめいている。

「申し訳ございません、田島《たじま》様。今夜はチケット制でございますので、チケットをお持ちでない方のご入場はお断りをしております」

「話のわからねー奴だな、何様のつもりだッ」

男が黒服の肩を小突く。

みっともない…………。田島と呼ばれた男はそんな視線に晒《さら》されているのもわからないらしい。ウエーブヘアのほうはつまらなそうなツンとした顔つきだったが、ショートボブの彼女はなんだか身の置き所がなさそうだった。

すでにどこかで飲酒済みなのか、がなり立てる顔には赤みがさしている。罵声《ばせい》を張り上げるたびに軽く上下する吐息の荒さは隠しようもなかった。

しかし。開かれたドアを挟んだこちら側とあちら側の見物人の反応は見事なまでに正反対だった。

選ばれた側には余裕の嘲笑《ちょうしょう》と侮蔑《ぶべつ》が流れるだけだったが、足止めをくらった側には男を煽《あお》っているふしさえあった。

入場を拒否されたからといって、そのまま帰ってしまうのも癪《しゃく》にさわるのか。それとも、未練がましくせめて気分だけでも……と思っているのか。せっかく来たのに弾かれたという鬱憤は消えてなくなるどころか増すばかりだったのだろう。黒服が小突かれたのをきっかけに囃《はや》し立てる声にも顔つきにも、それと知れる恨めしさがこもっていた。

二人の黒服はあくまでプロだった。小突かれても、罵倒されても、腰の低さは変わらない。いっそ見事なポーカーフェイスだった。

「なんと申されましても、本日のイベントはチケット制でございます。誠に申し訳ございませんが、チケットをお持ちでいらっしゃらないお客様の御入場は固くお断わりしております」

正論は打破できない。多少酒が入っているとはいえ田島にも横紙破りの自覚くらいはあったのか、気まずげに唇を歪《ゆが》めると荒々しい手つきで内ポケットから財布を抜いた。

「いくらだッ。金を払っちまえば文句ねーんだろッ」

とたん、締め出された者たちがざわめいた。

そうだ。チケットがなければ買えばいいのだ。どうしてそんな簡単なことに気がつかなかったのか。……とでも言いたげに、我先にと財布を握りしめて殺到する。

しかし。黒服は深々と腰を折り、静かに言った。

「申し訳ございません。チケットの当日売りはいたしておりません」

正論を大げさに振りかざすわけではない。もったいをつけているわけでもない。黒服はあくまで自分の仕事に誇りを持つ番犬であった。

だが、ここまで煽られてしまった以上、それではすんなり収まりがつかないのが鬱屈した感情というものだろう。

一瞬の沈黙を裂いて、一斉に激しいブーイングが巻き起こった。

まして田島には美人二人を引き連れてきた男の面子《メンツ》とやらがあるのだろう。怒りもあらわに苦々しく舌打ちした。

「チッ。ぺーぺーのおまえらが相手じゃ話にもなりゃしねー」

あるいは。『アモーラル』ではそれなりの顔パスがきくという自負が折れることを許さないのか。

「もっと話のわかる奴を呼んで来いッ」

それとも。単に引っ込みがつかなくなってしまっただけなのか。往生際悪く田島は肩をそびやかす。

その背後で煽り立てるように『呼んで来い』のシュプレヒコールが始まる。

（うわ……最悪）

和也は眉をひそめた。

(これってかなりヤバいんじゃ？　責任者を呼んだほうがいいんじゃねーか？)

そのとき、ふと気づいた。田島の背後で彼らの鬱憤を煽っている男たちの存在に。

その中に小池秀次《こいけしゅうじ》の顔を見出して、束の間……和也は息を呑《の》んだ。

——そのとき。

凝結した視線の先で、不意に秀次の目とかち合った。

——とたん。

秀次の双眸《そうぼう》が醜悪なまでに切れ上がった。

先ほどまで皆を煽っていた男たちがそれに気づいて、同じように凝視する。彼らの中にあの紫メッシュの男もいた。秀次ほど凶悪ではなかったが、それでも、その目に刷かれたモノは同種のきな臭さを孕んでいた。

和也を見据《みす》えたまま、秀次がニヤリと嗤《わら》った。そして、叫んだ。

「エッジだ。エッジを出せッ」

和也はひくりと胃が裏返るような気がして、思わず双眸をすがめた。

「そうだ。エッジを出せッ。もたもたしてねーでさっさと呼んで来いッ」

田島は背後の声に押されるように声を張り上げた。

(エッジが、来てる？)

それは和也にとっても予想外のことだった。

享がしつこいほどに和也を誘った理由。俺の顔を潰すな——とは、もしかしたらこのことだったのだろうかと。

「ケースケ、もういいじゃん。ダメなもんはしょうがないよ。こんなとこでムダに時間を潰すの、もったいないじゃん。ねぇ、どっか別なとこにしようよ」

先ほどからの不毛な押し問答にすっかり興味も醒めてしまったのか。ウエーブ髪の彼女がなげやりな口調であっさり言ってのける。

すると、田島は歯を剝《む》き出しにして声を荒らげた。

「黙ってろッ。黒服なんかにコケにされたまま、おとなしく引っ込んでられっかよッ」

「じゃあ、ひとりで勝手にやってよ。いいとこに連れてってやる……なんて大ミエ切ったくせに、いざとなったら顔パスもダメ、金でもダメ。足止めくったまま黒服相手に未練がましくブチブチ文句たれまくってるだけなんてマジでサイテーッ。付き合ってらんないよ。サトミぃ、行こ行こ」

女はこともなげに吐き捨てた。

田島の尻馬に乗って騒いでいた連中の間でも動揺ともつかないものが走り抜けた。ウエーブ髪の彼女に『未練がましく文句をたれてるのはマジでサイテー』とこき下ろされたことで、冷水を浴びせられたのかもしれない。

しらけるというには酷な沈黙がとろりと滲《にじ》む。田島の歯軋《はぎし》りだけを取り残して。

そんな田島の不様さを嘲《あざけ》るように、ドアのこちら側ではそれと知れる失笑がもれた。

…………「不様ぁ」

…………「サイテー」

…………「カッコ悪ぅ」

それが、更に田島を逆上させたのかもしれない。

自分の連れである女にそこまではっきり虚仮《こけ》にされてしまっては、誰がどう見ても赤っ恥であった。

それでなくても、田島は無理で道理を曲げようとして引っ込みがつかなくなっているのだ。

立つ瀬がなくなるどころか、これでは踏んだり蹴《け》ったりであった。

そんな男の尖《とが》りきったプライドの先で、何の未練もなく背を向ける二人の女。

それでキレるな……というのが無理だったのかもしれない。

本当に、それは一瞬の出来事であった。

唸《うな》り声を上げて田島が連れであった女の髪をわしづかみにし、力まかせに引きずり倒す。

悲鳴を上げて腰砕けになった女の背中を田島は靴の先で思うさま蹴りつけた。

「このクソ女～ッ、バカにしやがってぇ～～ッ」

女は喉を引き攣《つ》らせて絶叫した。

それでもまだ足りないとばかりに、憎々しげに何度も蹴りつける男。

そのすぐ後ろで、何が起きたのか理解できないとでも言いたげに呆然《ぼうぜん》と目を見開いている、ショートボブの女。

誰も——誰一人として身じろぐ者はなかった。

おもしろおかしく無責任に田島を煽っていた男たちですら、この予想外の凶行に唖然《あぜん》と声を呑んだままだった。

女の悲鳴が軋んで沈黙だけが凍りついていく。

狂気に血走った男の目がもう一人の連れの片割れの女を呑み込んだ瞬間。凍てついた大気が音を立てて弾け飛んだ。

女の悲鳴が、息を詰めたまま傍観者と化した連中の中に飛び込んでいく。

助けを求めて逃げ惑う女。

牙《きば》を剝いて襲いかかる男。

エレベーター前は、連鎖反応を起こした女たちの金切り声が乱反射する修羅場に変わった。

田島はまるで手負いのケダモノだった。激情のままに女を引きずり倒してしまったことで前後の見境をなくしてしまったのかもしれない。

最悪なことには、田島は多少なりとも腕に覚えがあるのだろう。

場慣れしているというよりはむしろ、火事場の馬鹿力に物を言わせ、男を取り押さえようとした黒服の一人を一撃で殴り倒す。

その剛腕ぶりを目の当たりにして、飛びかかろうとして一瞬ひるんだ別の男の向こう脛《ずね》を蹴りつけた。

そうなるともう男女の区別もなかった。自制心もろとも何もかもが一気にキレまくってしまったかのように手当たり次第だった。

悲鳴を上げて逃げ惑う連中が、必死の形相でイベント会場へと雪崩《なだ》れ込んでくる。

会場内で物が割れる音がした。

誰かの悲鳴が聞こえた。野太い怒号も響いた。

人と人がぶつかりドミノ倒しになっていく。

避ける余裕もなく、和也は突き飛ばされた。

壁に頭をぶつけて、瞬間、目から火花が散った。

一気にずるりと膝が抜ける。

「い…つ〜〜〜ッ……」

苦しげに息を詰め身じろいだとたん。今度は悲鳴と怒号が重なり合って会場から逃げてくる人波に引きずり倒された。

一瞬、意識が飛んだ。

それから。

どのくらい。

そこに、そうやっていたのか。

——そのとき。

いきなり。左の太股に強烈な痛みが走った。

カッと双眸を見開きざま一瞬息が止まった視界の中に、額から血を滴らせた秀次がいた。

「よぉ、お兄さん。会いたかった……ぜぇ」

しわがれた声のまま秀次の肩が荒く上下する。

何が起こったのか、わからなかった。ただ肉がずくずくと焼き切れるような激痛だけが和也の心臓を締めつけた。

噛《か》んでも噛み殺しきれない嗚咽《おえつ》に視界が熱く歪んだ。

「てめーの、おかげで、俺ぁ……新宿《しんじゅく》中の笑いモン、だぁ……」

言いながら、血のぬめったナイフでぴたぴたと和也の頬を撫《な》で上げた。

「エッジなんかと、つるみやがってよォ」

……違うッ。

叫びは喉に貼りついたまま言葉にはならなかった。

それでも、情け容赦もなく、憎々しげに傷口をつかみ上げられたとたん。和也は掠《かす》れた悲鳴を上げた。

「いてぇだろ？　いてーよなぁ？　ミエ張るこたぁねーんだぜ。泣けよ。わめけよ……小便ちびるくらいによォ。俺ぁ、もっと痛かったぜ」

言うなり、今度は思うさま顔面を殴りつけられて一瞬気が遠くなった。

頭の芯がぐらぐらする。ひどい耳鳴りがした。

「チクショー。放し、やがれッ」

「バカヤローがッ。懲《こ》りねー奴だな、おまえも。よけいなことすんなって、言っといただろうがッ」

頭の向こうで、秀次の怒鳴り声と誰かの声が絡み合う。

近く、遠く……。

揺らいで、回って…………。

いきなり耳元で弾けた。

「悪いな。あのヤロー、頭キレちまってんだ。けど、あんただって相当なタマだぜ。マジな面してエッジなんか知らねー……なんてさ。ちゃんと仲よくつるんでるじゃねーか」

「――俺…は、エッ…ジ……なんか……し、ら、ね……」

激痛を嚙み締め、絞り出すように吐き捨てた。

ほんの目と鼻の先で、紫メッシュの男が嘲った。

「モトは割れてんだぜ。あんたが何をそんなに力《りき》んで否定したがってるのかは知らねーけど。あのエッジがあんたの前じゃまるで二重人格者だって言われてるんだろ？　このイベントだって裏じゃ『サイファ』が一枚噛んでるって噂でな。だから俺たちはちょっと冷やかしのつもりでやって来たんだが……予定外の大番狂わせになっちまった」

　それでも、男は表立ってエッジともめることだけは避けたいのか、

「秀次のことは、ま、これでチャラにしといてくれるよな？　あいつだってあんたのために、小指一本落とされかけちまったんだからよ」

　言いながら、慣れた手つきで和也の傷の止血をする。

「ち……がう」

「へぇー、まだそんな口たたくんだ？　もしかして、エッジに義理立てでもしてるのか？」

「あ、あんた……たち、は……なん、か……カン違い、してん……だ。俺が、来たの、は……享……享に誘われた…ンで……エッジ、なんか……カンケー、ねーよ」

　切れ切れの和也の言葉に、男は心底驚いたように目を瞠《みは》り、次いで唇の端をうっすらめくり上げた。

「こいつぁ驚きだ。そっかあ……なるほどなぁ。……そういうことかよ」

　ひとりで納得したように男は喉で笑う。そして、ぼそりと言った。

「あんたが知ってるのはトオルで、エッジじゃない。なら、あんた、ほんとにエッジの顔も知らねーンだ？」

「そう、だ」

出血の痛みと目眩《めまい》で、ときどき気が抜けそうになる。そんな和也の耳たぶを舐《な》め上げるように、男はことさら低く囁《ささや》いた。

「じゃあ、俺がいいことを教えてやろう。エッジってのは、ただの通り名だ。あいつの本当の名前はな、黒崎《くろさき》享って言うんだぜ」

その瞬間、和也は頭の中で何かがハレーションを起こしてしまったかのような気がして、不意に意識がブラックアウトした。

降りしきる雨の中、絶え間なく救急車のサイレンが走る。

渋谷一帯は、まるでハチの巣をつついたように騒然と更けていく。

じきに真夜中だ。

しかし。ヤジ馬の数は減るどころか増える一方であった。

§　§　§

清和《せいわ》救急病院は深夜だというのに人でごった返していた。

渋谷の繁華街で起きた事件の怪我《けが》人が途切れなく救急車で搬送されてきたからだ。

足の傷の縫合処置を終えてベッドに寝かされていた和也は、

「和也……」

頭の上から落ちてきた心配げな声にどんよりと重いまぶたをこじ開けた。

モヤった視界の中に高志《たかし》がいた。

「大丈夫か？」

耳慣れたはずの声も変にぼやけて聞こえた。

そういえば……。うろ覚えだが、連絡先を問われて高志の名前と電話番号を口走ったような気がする。

玲二《れいじ》ではなく。高見《たかみ》の家でもなく。あんなときに、とっさに口をついて出たのが高志の名前だったことが、今更ながらに驚きであった。

やっぱり、非常口なのかもしれない。

「なんか……飲むか？」

和也は力なく頭を振った。

手も足も、頭の芯も、身体中のどこもかしこも、鉛を詰め込んだように重い。

「真夜中にいきなり警察から電話だもんな。ほんと、寿命が十年縮んだぜ。おふくろなんか叔父さんたちの事故のことが頭をよぎったらしくて、真っ青になってた」

本当に心配をかけて申し訳ない。……としか言いようがない。

「今夜は念のためにこのまま泊まっていったほうがいいらしい。今、おふくろが担当医と話してる。明日また来るから、ゆっくり休め」

そうしてもらえると、ありがたい。今夜はもういっぱいいっぱいで何も考えられないというのが本音だった。

翌日。

和也は清和病院から久住《くずみ》邸へと移った。

「高見の家に和也君一人を置いておくわけにはいかないでしょ？」

それが久住の伯母……高志の母親である可奈子《かなこ》の言い分だった。今は玲二と同居しているという事実はさっくりと無視された。

麻美《あさみ》の件以来、高見の家の売却騒動もあって、可奈子の玲二に対する心証は限りなく真っ黒に悪い。

「どこで遊び呆《ほう》けてるのかは知らないけど、肝心なときに連絡がつかないようなバカヤローは論外だろ」

高志にも言われてしまった。

「あいつがいたってまるっきり役には立たないんじゃね？　それよりもウチにいたほうが百万

倍マシだろ」

否定できないのが、やはりネックだろう。

「こっちにいれば親父も姉ちゃんもいるし。安心だからな」

そういうわけで、和也は久住邸で世話になることになった。

案の定。その夜から発熱して意識は朦朧《もうろう》、二日間寝込んだのだった。

和也が寝込んでいる間に、警察の事情聴取もあらかた終わったらしい。

それはそれでホッとした。事件の発端である田島啓介《けいすけ》がどうなったのかは知らないが。

事件のことはテレビや新聞、ネットでも大きく取り上げられているようだが、当事者である和也はさすがに見る気にもなれなかった。

「足……なん針縫ったって？」

「十二針」

和也がしわがれた声で言うと、高志はどっぷりとため息をついた。

「痕は残っちまうかもなあ。けど、それだけで済んで不幸中の幸いだ」

「……あー」

冗談でなく、本当にそう思った。

高志に聞いた話では死人こそ出ていないらしいが、重軽傷者合わせて怪我人はかなりの数になるのではないだろうか。あのときの悲鳴と怒号が渦巻く悪夢が不意にまぶたの裏をよぎり、和也は血の気の失せた唇を噛み締めた。

けたたましいサイレンとともに、ピストン輸送のように、次から次へと病院にかつぎ込まれた連中のほとんどは、いったい何が起こったのか、それすらわかってはいないだろう。その原因を見知っていたのは、当時入り口ドア付近にいた者だけだろう。

そのせいかどうかはわからないが、和也は麻酔の切れかかった痛みとショックで混乱しきった頭を抱えたまま、うんざりするほどしつこく警察に詰問された。警察としても錯綜《さくそう》する情報を関係者の記憶が薄れないうちに的確に拾い上げるのが仕事なのかもしれないが、もう少し被害者の心情を思いやってくれてもいいのではないかと思わずにはいられない。

和也は太股《ふともも》の傷の真相だけは語らなかった。

いや、語らないというより、別段、誰にも聞かれなかっただけのことなのだが。あんな大惨事のあとでは、誰も、あれが故意に抉《えぐ》られたものだとは思いもしないのだろう。次から次に運び込まれる怪我人の処置で忙しすぎて、そこまで手が回らなかっただけなのかもしれないが。

嘘は言っていない。

聞かれもしないことをあえて言わなかっただけ。

……なぜ？

自分でもよくわからない。

惨事のあとに事を大袈裟《おおげさ》にしたくなかった。それも確かにあったが、憎々しげに睨む血だらけの秀次の顔と、その秀次の更なる凶行を止めてくれて応急処置までしてくれた男が言った台詞…………。

――秀次のことは、ま、これでチャラにしといてくれるよな？　あいつだって、あんたのために小指一本落とされかけちまったんだからよ。

それがあまりにも生々しく頭にこびりついていたからかもしれない。

俺は何も知らなかった。

俺のせいじゃない。

俺は何も悪くない。

そんなの責任転嫁も甚《はなは》だしいだろッ！

たとえそうだったとしても、重い痼りが残った。そういう心境だった。

§　§　§

闇の中。

ゆうるりと波が寄せては返す。

――いや。

それは波のように感じるだけであって、波ではないのかもしれない。

何も見えない。

何も聞こえない。

ゆるゆると身体にまとわりつく波動だけが、静かに鼓動を刻んでいく。

浮いているのか。

沈んでいるのか。

それすらも、わからない。

そうやって、何もかもが……意識でさえもが沈黙の中に溶け落ちてしまう寸前。何かが、いきなり鼓動をわしづかみにした。

そのとたん。

カッと双眸が灼《や》けついた。

……熱い。熱くて目を閉じていられないッ。

指先で両眼を抉るようにこじ開ける。

こじ開けて、初めて気づく。灼けつく痛みが何であるのかを。

鮮血の滴り、と。

滾《たぎ》り上がる、血のうねり。

真紅に疼《うず》く目の先で享が笑う。

酷薄そうに唇を吊《つ》り上げ、享と同じ顔をした『エッジ』が突きつける。それを……。

「ほぉら、和也。ほんの手土産だ」

違うッ！

「おまえのために、俺が取ってきてやったんだぜ」

よせッ！

「喰えよ。美味《うま》いぜ。小池秀次の指……だからな」

やめろ〜〜ッ！

有無を言わせず口の中にそれを押し込まれて、和也は、喉が灼け爛《ただ》れるような気がして絶叫した。

§　§　§

耳元で、いきなり悲鳴が乱反射した。

あまりの生々しさに、和也は弾けるように飛び起きた。

とたん。

下半身が熱く切れ上がるような痛みを感じて全身が竦《すく》み上がった。

直後。バタバタと乱れた足音とともにすさまじい勢いでドアが開いた。

荒く吐息を乱した高志の顔が真っ先に飛び込んできた。

なんだッ?

どうしたんだッ!

大きく見開いた高志の双眸が無言で問いかける。

和也は思わず息を呑んだ。

絡み合う視線が眼底を刺し貫く。

「な…に?」

声にもらしたのは和也が先だった。

高志の肩から目に見えて力が抜けていった。

「おまえがけたたましい悲鳴なんか上げるから、何かあったんじゃないかってスッ飛んで来たんじゃないかよ」

「え? あぁ……」

言われて今更のように気づく。自分の悲鳴に驚いて飛び起きてしまったのか、と。

「悪い夢でも……見てたのか?」

「ゆ…め?……」

高志は目のやり場に困ったように視線を逸《そ》らした。

「とにかく、おまえ、涙……拭《ふ》けよ」

「……ッ!」

あわてて和也はパジャマの袖で目もとを拭《ぬぐ》った。

じっとりとした感触にふれて初めて、和也は自分が泣いていたのだと知った。それが恥だとも醜態だとも思わなかった。

今更だった。そうと気づかないうちから、高志の前で恥も醜態も垂れ流してきたのだ。これ以上、掻き捨てる恥などなかった。

「ほんとに……夢を見てただけなんだな?」

念を押す高志の双眸は真剣そのものだった。

「俺……自分じゃけっこう図太い神経してるって思ってたんだけどな。やっぱ、あれはちょっと……かなりキてる……みたいだ」

神経が芯までささくれ立ってしまったような気がして、和也はらしくもない弱音を吐いた。

「あんなことがあったんだ。あの場にいた奴は誰だってズタボロだろ。つっかえてるモンは構うことないからみんな吐き出しちまえよ」

いかにも高志らしい口調に、和也はかすかに頬を緩めた。

「そう……だな」

「腹、へってないか?　気分が悪くないなら、何か少しでも食っといたほうがいい」

「ああ……」

「おふくろに言って雑炊でも作ってもらうか」

「玲二は？」

とたん、高志は渋い顔になった。

「昨日の夜、電話があった。抜糸が済むまでは身動きできないようにベッドに縛り付けとけってよ」

「キレてただろ、あいつ。チラッと顔出すだけのつもりだったから言ってなかったんだ、イベントのこと」

「ガキじゃないんだ。お互いさまだろ？　せっかくスマホを買ったのに、肝心なときに連絡も取れないなんて持ってる意味ないだろ」

高志は高志なりに思うところがありすぎるようだった。そうなると、もう、和也は苦笑するしかなかった。

それでも。悪夢の余韻《よいん》は完全に消えてなくなりはしなかった。

引き攣るのは、秀次に抉られた傷か。

それとも、享に欺《あざむ》かれた心……なのか。

——エッジってのは、ただの通り名だ。あいつの本当の名前はな、黒崎享って言うんだぜ。

耳の底にこびりついた毒のある囁きは消えない。

くらくら回る視界が暗転しても、それは頭の芯を刺し貫いたままだった。

（なぜ……）

――あいつはッ。

(どうして?)

――黙っていたのか。

『サイファ』のエッジ。

噛み殺すつぶやきの苦さ……。

(そんなの、俺は知らないッ!)

吐き捨てる言葉の、重さ。

黒崎享。

呼び慣れたはずのその名前が今は一番苦々しく……そして重かった。


和也が久住の家で夜を明かして、三日目の朝。

あの日以来、ゲスト・ルームで寝起きしている和也が遅い朝食を終えた頃、玄関のチャイムが鳴った。

しばらくして。荒い足音がして、

「おい、玲二。ちょっと待てッ」

どこか慌てふためいた高志の声がしたかと思うと、ノックもなくドアが乱暴に開いた。

玲二だった。そのままずかずかと歩み寄ってくると、和也の頬をいきなり張り飛ばした。

「玲二ッ！」

思わず声を荒らげた高志だったが、すぐに口を噤《つぐ》んだ。

冷静にマジギレした玲二に表情はない。酷薄さだけが顔に張り付いていた。

「言い訳なら聞いてやるぞ」

冷え冷えと玲二が言った。

「おもいっきりブッ叩《たた》いたあとで、かよ？」

じんじん疼く痛みを奥歯で噛み潰しながら、和也はちくりと皮肉を込める。

だが、それも、

「電話があった。クロサキトオル……からな」

玲二の口からその名前がもれたとたん、喉の奥で引き攣った。

あの事件のあと、和也はスマホをチェックしていない。無視したわけではなく、今の今まですっかり忘れていたのだ。

イベント会場に入ったときにはサイレントモードにしてあったので、今もそのままだ。もしかして、メールボックスも着信履歴も大変なことになっているのではないだろうか。それを思うとくらくら眩暈《めまい》がしてきそうだった。

「しつこく何回もかけてきやがった」

それはもしかして、高見の家にではなく玲二のスマホに……だろうか。

なんで？

「おまえとどうしても直《チョク》に話がしたいんだってよ。だから、言っといてやったぜ。ちょろちょろうるさくまとわりつくんじゃねぇってな」

ふつりと、血がささめき立った。

……おまえ。

思わず動きかけた唇の端を和也は噛み締め、ぎくしゃくと高志を見やった。この先の話はあまり高志には聞かせたくない。そんな和也の意を汲《く》んでくれた高志は。

「玲二、和也は怪我人だ。忘れんじゃねーぞ」

やたら低い声で釘を刺してドアを閉めて出て行った。

とたん、部屋の大気が急に冷え冷えと軋んだ。

「おまえ……あいつが『アモーラル』でなんて呼ばれてるのか、知ってんのか？」

背中に寒気がくるほどのそっけなさだった。

それだけで理解できた。和也が思いつきもしない裏の事情まで、玲二は知り尽くしているのだろうと。

享は言った。『アモーラル』での玲二は『その気になればなんでもできるだろう』と。オフレコだけどな、とにんまり笑って。

「――エッジ、だろ?」

努めて平坦にその言葉を吐き出すと、玲二の眦《まなじり》が細く切れ上がった。

「ていうか、それを知ったのはあのドサクサ紛れのときだったけどな。さすがに頭ハジケちまった。『アモーラル』の常連だってことだけで、そんな通り名付きの大物だったなんて知らなかった。もしも知ってたら、近寄りもしなかっただろうよ」

それだけは誓って言える。

「どこに行っても誰と会っても、あいつは黒崎享だった。俺の前であいつを『エッジ』なんて呼ぶ奴は……誰もいなかった」

和也にとって享は『黒崎享』以外の何者でもなかった。今更、そんなことはただの繰り言にすぎないとわかっていても。

「よけいなことに首突っ込むなって、言っといただろうが」

「なら、おまえは、なんで黙ってたんだよ」

「教えてやったら、おまえ、よけいに熱くなっただけだろ」

そう……かもしれない。

だが。あんなときに、ああいう形で真実を突きつけられるくらいなら、皮肉まじりの嘲笑でもかまわない。玲二の口から聞かされたほうが百万倍マシだった。

「それに俺は、人のケツにへばり付いてるクソが潰れようが蹴り倒されようがそんなの興味も関心もなかったしな。あいつがおまえをダシにしたのだけは気にいらねぇが、だからってそれでエッジの野郎の胸倉締め上げて何になるよ。話に聞いた限りじゃ、あいつは相当のタマらしいからな。おまえのバイト先まで押しかけて絡んできた奴らだって、シュージみたいなクソのために表立ってエッジとヤリ合うほどバカじゃねぇだろうし。実害がなきゃそれでいい。そう思ってたから放っておいただけだ」

いかにも玲二らしい言いぐさだった。

享の目的が何だったのか、和也には知る術《すべ》もない。ただその間に、和也はすっかり懐柔されてしまったというわけだ。

たぶん、あの出会いもただの偶然などではなく、きっちり計算されたシチュエーションのひとつにすぎなかったのだろう。そう思うと、ただただ自分のバカさかげんだけが鼻についてどうしようもなかった。

すると。まるで和也の胸中を見透かしたかのように、玲二がピシャリと言った。

「今頃、自分のマヌケぶりに気づいたって遅いんだよ。十二針も縫うようなケガまでしやがって……。バカヤローがッ」

さすがに和也がムッとして睨みつけると、玲二は更に聞き捨てならないことを言った。

「おまえ、あいつとツルんであちこちに顔を売って歩いたそうだな」

「顔なんか売ってねーよ。ただ飲みに行っただけだ」

「エッジとツルんで歩く。そういうのを顔を売るっていうんだよ。ド阿呆《あほう》が。いいように振り回されやがって。俺の耳に入ってきたときには、おまえはすっかり有名人だ。レイジをひっぱたいたあのカズヤが今度はエッジを骨抜きにしてるって、な」

あまりの言われように思わず唇を噛んだ。

誘われるままに享と飲み歩いたことが、自分の知らないうちにそんなふうに歪曲《わいきょく》されて玲二の耳にまで入っていたのかと思うと腹立たしさも極まった。

「そりゃそうだろうぜ。『サイファ』のエッジを本名で呼び捨てにしてる奴なんかどこにもいやしねぇからな。それだけでもう、おまえは特別なんだってことさ。それでなくても、エッジはおまえのためにシュージをフクロにしちまってるんだからな」

「俺が『サイファ』とかの身内になっちまってるって、言いたいのかよ」

「身内じゃねーよ。おまえは『サイファ』のサロメなんだってよ」

「サロメ……？」

あんぐりと和也は問い返す。

サロメの元ネタになったのは新約聖書の寓話らしいが、詳しくは和也も知らない。ただ、オスカー・ワイルドの戯曲の『サロメ』で、そのサロメが舞踊の褒美《ほうび》として自分を拒絶した予言者であるヨナカーンの首を求めるという退廃的な物語であることは知っている。

（サロメって、あれだよな。男を手玉にとって破滅させる悪女の代名詞）

そのサロメがどうして自分と被るのか。いや……なんで、そんなケタクソ悪いあだ名で呼ばれなければならないのか。

しかも、自分の知らないところで。ムカつくというよりそれこそ憤激ものだった。

「誰が言い出したのか知らねぇけどな。羨望半分、嫉妬半分で付いたあだ名にしちゃ意外と的を射てるんで笑えもしなかったぜ」

「どういう意味だよ」

気色《けしき》ばむ和也の目の先で、玲二はこともなげに言ってのけた。

「そそるんだよ、おまえは。自覚しちゃいねぇだろうけどな」

ひくりと引き攣りかけた唇の端が、わけのわからない怒りでわなわなと震え出す。

「そういうツラがそそるって言ってんだよ」

意味がわからない。今の今、自分がどういう顔をしているのかもわからないのに……。

「別にその気がなくったってムラムラしてくるんだよ。おまえの、その、山よりも高そうなプライドを引きずり倒して蹴り潰してグチャグチャにしてやったら、スゲー快感なんじゃねぇか……ってな」

玲二は声音すら変えなかった。

「外見だけを言うならあいつのほうがよっぽどサロメなんだろうが。それでも、あいつはあだ名通りの剃刀《カミソリ》だってみんな知ってるから、誰もそんなことは言わない。下手なことを口走ってボコボコにされたくないだろうからな。そのエッジがおまえの前じゃまるで別人だそうだぜ」

「そんなの——俺の知ったこっちゃねーよ」

和也が唸る。

「人前で俺をひっぱたける度胸があって。『アモーラル』のクール・ビューティー相手にゴネるだけの頭もある。シュージをのしちまえる腕もな。ついでにエッジを骨抜きにする色気もある。だから、サロメなんだろうぜ。あいつの本音がどこにあるのか知らねぇが、エッジはどうでもおまえを『サイファ』に取り込みたがってる。俺はそんなの絶対に認めてやる気はねぇけどな」

「俺だってそこまでノーテンキにできてやしねーよ」

口をつく言葉がやたら苦い。

和也を蚊帳《かや》の外に蹴り飛ばしたまま、噂だけが勝手に回りはじめている。

『サイファ』が——どうした?

『サロメ』って……なんだ?

好き勝手に俺をダシにしてんじゃねーよ!

いいたいことは山ほどあったが、玲二の冷たい双眸は揺らがない。

和也は次第に背骨が芯から鈍く痺《しび》れていくような気がして、渇ききった喉をひくひくと震わせた。

10　我欲《愛》の代償

津村麻美《つむらあさみ》はベッドの上でただぼんやりと天井を眺めていた。

そこに特別な何かがあるわけではない。

視線は宙に浮いたままだが、双眸には何ひとつ映らない。まるで生気のないガラス玉のようだった。

せっかく授かった玲二《れいじ》との子どもを流産してしまった。そのショックがずっと尾を引いていた。玲二の子どもを産んで育てることでこれからの人生をしっかり歩いて行く。……つもりだったのに、その未来図はあっけなく潰《つい》えてしまった。

病院にいるときも、津村家の自室に戻ってきてからも、それは変わらない。麻美の視線はずっと天井に貼り付いたままだった。

両肩にずしりと重石《おもし》が食い込んでくるかのようなひどい脱力感に何をする気力も湧かない。食欲もない。

言葉にできない悲しみと取り返しのつかない喪失感でげっそり痩《や》せてしまった。家族や愛子《あいこ》には子どもを失ったショックで打ち拉《ひし》がれているように見えていることだろう。

嘘ではない。精神的にかなりまいっている。子どもを流産してしまった原因が原因だったので。

むしろ。麻美にとってはそちらのトリガーのほうがより衝撃的だった。まさか、あの二人がそういう関係だったなんて……。

納得できない。

あり得ない。

信じられない。いや……信じたくなかった。

頭はどんよりと重く、芯から鈍い。

見る夢はいつも同じだった。まるでエンドレステープのように繰り返す。寝ても覚めてもそれが頭にこびりついたまま離れない。眼底を灼く絶望と底なしの妄想を掻き立てて呪縛《じゅばく》する。

覚えているのは、

『言えよ……。おまえの好きなだけ、舐めてやる』

聞こえてくるのは悪魔の囁きだった。

『乳首嚙んで、吸ってやろうかぁ?』

腰が蕩《とろ》けるほどに甘い、玲二の声。

『声……出せよ、和也《かずや》。おまえのよがり声、聞かせろ』

和也の名を呼ぶ淫《みだ》らな……耳語《じご》。

どんなにきつく耳をふさいでも、痛いほど唇を噛み締めても。細く掠れた吐息の先を絞り上げるような和也の喘《あえ》ぎ声が脳髄にこびりついて離れない。

それは、神経が灼き切れるような嫉妬の果ての、まったく想像もつかない、心臓が凍りつかんばかりの衝撃だった。

信じられなかった。スマホの通話口の向こうから見せつけられるその光景が……。

実際にそのシーンを目撃したわけではない。強制的に、故意に、悪意を持って聞かされただけ。それだけのことなのに、淫らな妄想が暴走してしまう。それが不実な麻美への罰だといわんばかりに。

信じたくなかった。驚愕《きょうがく》を過ぎた真実の重さに、女としてのプライドまでがドロドロと膿《う》み爛れていくようで……。

――なんで？　なんでだよ？

――遊ばれてるのがわからないのかよッ。

――玲二のことなんて、おまえは何も知らないだろうがッ。

――あいつがおまえと寝たのは、おまえが俺の彼女だからだ。

今更のように甦《よみがえ》る。和也の言葉が、怒りに満ちた顔つきが。

どうして？

いつから？

そういう関係？

最初から騙《だま》されてたの？

和也にも、玲二にも？

声にならないつぶやきに吐息も凍る。だったら、自分はまるっきりの道化《ピエロ》ではないか。

あのときの震える手足の冷たい痺れを、麻美は一生忘れないだろう。たとえどんなに忘れたいと願っても、たぶん……記憶から消し去ることはできないだろう。

（ウソよ……）

それが引き金になって、耐えがたい衝撃が麻美の胸を突き破る代わりにいきなり子宮を思うさま蹴り上げたのだ。まるでおなかの子が、度外れたショックにただ呆然と、泣けもせずにへたり込んでしまった麻美の絶望だけをストレートに感じ取ってしまったかのように。

そのとき初めて麻美は恐怖した。唯一残された我が子にまで見捨てられてしまうのではないかと。

それだけは嫌だった。

絶望の果てにひとり取り残されるくらいなら、自分も一緒に死んでしまいたかった。

だから——声が潰れるほどに叫んだ。

『イヤ〜〜〜ぁ！』

恥も外聞もなく願った。

『この子を、わたしから取り上げないで〜〜〜ッ！』

けれども。神にも、医者にも、麻美の声は届かなかった。

病院のベッドでひとり寒々と目覚めたときの——慟哭《どうこく》。

なんとも形容しがたい、まるで魂の一部を抉り取られてしまったかのような喪失感を、誰に

……どこにぶつければよかったのだろう。

——君は、まだ若い。これから先、望めばいくらでも子どもは持てるよ。

そんな気休めがいったい何になるというのだ。あの子は死んでしまったというのに……。

埋まらない——亀裂。

果てのない——深淵。

裂けていく。心が……。

堕《お》ちていく……。暗闇に。

たった一人で。

どこまでも…………。

何を、恨めばいいのだろう。

誰を、憎めというのか。

そして、ふと自嘲する。そんな資格が自分にあるのか……と。

自分の気持ちに正直であることが大事《正義》だと思った。自分に対して嘘をつかずに正直でありさえすれば、そのことでいくら周りの人間を傷つけても、それはそれでしかたのないことだと思っていた。

だって、欲しいものは欲しいのだ。

物欲しげに、ただ黙って見ているだけでは何も叶《かな》わない。

それが自分にとってどうしても譲れないものであれば、それ以外のものはすべてなくしても構わない。熱望するということはそういうことだと思った。麻美にとって玲二とはそういう存在だったからだ。

優しさも、思い出も――信頼も、思いきりよく捨て去った。目の前の幸せを……大切なものを失いたくなくて。

なのに、すべてが壊れてしまった。

もう、何もない。

なくしてしまってから初めて知った。人を傷つけることの傲慢《ごうまん》さと、その罪と罰を。

そんなことばかりを考えて、長い一日が意味もなく過ぎていく。

昨日も。

今日も。

たぶん、明日も。

家族はまるで腫《は》れ物にでもふれるかのようによそよそしい。津村家の断絶の証《あかし》であった腹の子がいなくなってとりあえずホッとしたと安堵《あんど》すべきなのか。それとも、流産したショックで半分抜け殻のようになってしまったような麻美と一緒に悲しむべきなのか、わからない……とでも言いたげに。

もっとも、救急搬送されるときに麻美が半狂乱になってしまったことで津村家の事情はあらかたご近所にはバレまくってしまったが。

昨日が何日だったのか、記憶にない。

今日は何曜日なのかも知らない。

今、何時なのか。それすらもわからない。

そんなとき。ためらいがちに三度ノックが鳴った。

「調子……どう?」

部屋に入ってくるなり、愛子がいつもよりは幾分硬い声で言った。

家族でない他人の顔を見るとホッとする。それが愛子であればなおさらだった。

「うん……まあまあ、かな」

げっそりと頬のこけた顔で麻美はあいまいに言葉を濁す。

　愛子は唇を噛み締めた。思っていた以上に麻美が憔悴《しょうすい》していたからだ。言おうか、言うまいか。それでも、言葉を選びつつ口にした。

「赤ちゃん……残念だったわね」

　麻美は唇の端を歪めた。

「愛ちゃんだけよ、そんなふうに言ってくれるの」

　愛子は唇を引き結ぶ。何を、どうリアクションすればいいのかわからない……とでも言いたげに。

「みんなせいせいしてるんじゃない？　厄介なお荷物がなくなって。実の父親にしてからがアレだもん。わたしだってほんとはすっごく不安だったし。結局、こうなって正解だったのかも。これで全部、丸く収まっちゃうのよね。誰にも、どこにも傷がつかずに済むのよねえ」

　胸の奥にぽっかりと開いた空洞……。それがそのままカサついた言葉になって麻美の口をついた。

「そんなこと言っちゃダメッ」

　愛子は思いのほか強い口調でピシャリと言い放った。

「ダメだよ、麻美。ほかの誰が何を言っても、あんたはそんなこと言ったらダメ。あんたはあの子の母親だったんだから。あたしは知ってるもの。あんたがどんな気持ちであの子を産もうとしてたのか。ほかの誰が知らなくても、あたしはちゃんと知ってるんだから」

それだけで麻美は知る。

迷い、ためらい、どん底で泣きわめき……。女としての本音も恥もみんな晒け出して、それでも変わりなく自分の足で立っていられたのは愛子という支えがあったからなのだろうと。

「辛《つら》いときは……悲しいときはおもいっきり泣いちゃえばいいのよ。泣いて、わめいて、そこらへんにあるものを投げつけて……みんな吐き出しちゃえばいいのよ。そんなの、恥でも醜態でもないわよ。人間って、誰でもそんなふうにできてるんだから。無理に自分を殺してタメ込むこと……ない。——ね？」

麻美の手を取り、愛子は握りしめる。

その、思いがけないあたたかな温もりに、麻美は思わず胸が詰まった。

そして、気づく。永久凍土の中に自分一人だけが取り残されているのではないのだと。だったら。この先、自分はまだ、自分の足で立っていけるだろうか。

何も、恨まず？

誰も、憎まず？

自分自身を呪《のろ》うこともなく……？

今はまだ無理でも、いつか、すべてを許せる日がくるのだろうかと。

11　相容れないもの

色とりどりのネオンが派手にどぎつく競って闇を凌駕《りょうが》する街――新宿。

入り組んだ狭い道にびっしりと看板を連ねたそこは、昼間は人通りもなく煤《すす》けており、ときおりカラスがゴミ袋をつついているのが日常風景である。……が、陽が落ちたとたん、通りのそこかしこで昼間とはまったく違った別の顔が目覚めはじめる。日本有数の歓楽街として。

とある一帯はねっとりと、猥雑《わいざつ》に。

とある場所ではすっきりと、格調高く。

夜は更けても、街は《欲望》――眠らない。

桂《かつら》ライフ・ビルディング。

クラブ『アモーラル』。

闇に蒼白く浮かび上がるステージの上で、かろうじて股間《こかん》を覆うだけの露出度が高いTバック一枚を身につけただけの男が快感に呻《うめ》いていた。

無駄なく鍛え上げられた裸体に喰い込む、漆黒の拘束具。

背中に、尻に、容赦なくくり返されるスパンキング。そのたびに反り返る逞《たくま》しい胸で、片方だけの乳首のピアスが鈍く淫猥な輝きを放っていた。

飛び散る汗が。

くぐもった……呻きが。

ステージを取り囲む沈黙の深さを際立たせる。

美しい筋肉をよじって男は喘いでいた。

苦悶《くもん》に勝る快感に歪む、顔。

ビクビクと打ち震える、四肢のしなり。

観客は息を詰め。声を呑み。ひたすら凝視する。ステージの上の男たちを。

打たれる男。

打つ男。

屈強な青年を、無言のまま、鞭《むち》一本で従わせる青年の硬質な美貌が更にアンバランスな倒錯を掻き立てた。

そうして、観客は知るのだ。いたぶられる痛みだけが男の苦悶のすべてではないのだと。

男は勃起《ぼっき》していた。砲身の逞しさと硬度を彼らに誇示して見せるかのように……。

打たれることは屈辱ではないのだ、と。

露出することは差恥《しゅうち》ではなく、快感なのだと。

それが証拠に、先走りに濡《ぬ》れた男の雄刀は鞭の先でピシリとひと撫でされただけで感極まったかのように大きく弾けてしまった。

クラブ『アモーラル』で開かれる、週に一度のスタッグ・パーティー。

いつものゲームとはガラリと趣向を変えたSMショーはそうやって幕を閉じた。いつものように、いつもよりはずっと過激で淫猥な余韻を引きずったまま……。

荒い吐息を呑み込んだような、ざわめきがある。昂《たかぶ》り、まとわりつく異様な熱がいまだ冷めやらないのか。パーティーのあとには付き物であるはずの軽口も哄笑《こうしょう》も湧き上がらない。

会場を後にする彼らの足も、目も、今夜はやけに落ち着きがなかった。

そんな中。最奥のボックス席にいた玲二《れいじ》はゆったり立ち上がりかけて、ふと双眸を跳ねた。

あらかた人気が失《う》せて急に寒々と静まり返った視界の端にエッジを見たからだ。

エッジ——こと黒崎《くろさき》亨《とおる》は、玲二がそうと気づく以前からすでに玲二を凝視していたのだろう。見つめる視線はまっすぐ、揺らぎもしなかった。

束の間、二人は睨み合う。色合いの違う沈黙をその目に刷いて。だが、同質のキレを孕んだまま。

絡み合った視線は互いを射たまま、弛《ゆる》みもしなければ途切れもしなかった。

玲二を見据えたまま亨がゆらりと腰を上げたとたん、玲二はあっさり切って捨てた。誰にも何にも執着しない、いつも通りの冷淡さで。

ゆったりとした足取りで玲二はエレベーターへと向かう。

二基あるエレベーターの前では、まだかなりの人数が残っていた。

その中にあって、ゆうに頭半分は抜け出た玲二の長身は嫌でも目立つ。背後に立たれた男がさも居心地悪げに二、三歩横へズレてしまうほどには。

「脅すなよ、レイジ。一般小市民がビビリまくってるじゃないか」

背後から声がした。

ただのジョークにしてしまうには冷え冷えと、揶揄《やゆ》するには平然と吐かれたその口調に、玲二ではなく小市民と皮肉られた男がひくりと身体を震わせた。

「お、おれは別にッ！」

思わず声を荒らげてから振り返り、男は今更のように声を呑む。相手がエッジだと知って。

享はちらりとも男を流し見ることもなく、ゆったりと玲二と肩を並べた。

「やっぱりデカいな」

感嘆ではない、声音の低さ。

「これで頭越しに睨み回された日にゃ、誰だって小便チビるよな」

白々と享がもらす。

一見、何の感情もこもってなさそうな口調の端々にこもる棘《とげ》。

それが二人を見つめる男たちの好奇心を弾く。レイジを煽って、エッジはいったい何をやらかす気なのか……と。

玲二は眉ひとつ動かしはしなかった。

そんなことは百も承知なのだと言わんばかりに、享がしごくあっさりと言ってのける。

「それでいくとウチのサロメは、やっぱりスゲー奴なんだよな」

和也《かずや》……とは言わず、まるで所有権を主張するようなさりげなさでサロメ……と。

それで、玲二がどう反応するのかを見てみたい。——とでも言いたげに。

クラブ『アモーラル』の常連たちを目の前にしての宣戦布告は、それだけでその場の空気をピシリと締め上げた。

享が自称とはいえレイジの親衛隊長をクラブから排除したことは、誰でも知っていることだった。飛びかう噂と憶測はそれこそ人の数だけあったが、その理由も真相も誰も知らない。

けれども。予想に反して、これまで二人の間では細波《さざなみ》すら立たなかった。それこそ表でも、裏でも……。

互いが互いを、故意に無視し合っているようにも見えなかった。

レイジは相変わらず他人には無関心であり、エッジはエッジで常と変わらぬポーカーフェイスであった。

互いがクラブの常連というだけで、それさえ除けば、二人の視線は永遠に交わらないのではないか……と、半ば冗談代わりに囁かれていたほどだ。

それも、ついに今夜でピリオドが打たれるのか。

期待と不安がせめぎあって交錯する好奇心は、誰の目をも釘付けにする。

レイジはどうする？

エッジはどう出る？

そのとき。チンと、気の抜けたような音を立ててエレベーターの扉が開いた。

誰も、その場から動こうとはしなかった。吐息を詰めたまま視線だけがぎくしゃくと跳ねて沈んだ。

そんな中、玲二だけが無言のまま男たちの肩を押しやるようにしてエレベーターの中へと乗り込む。

引き絞るだけ絞った沈黙は玲二の後に続いて当然のような足取りで享が乗り込んだ——とたん、熱く膿んで崩れた。

扉が閉まる。玲二と享の二人だけを乗せて。声にならない男たちのどよめきを取り残したまま……。

エレベーターの軽い唸りが密室の沈黙を刺激する。

肩を並べたまま、玲二も享も目線すらやらない。

そうやって、時間だけが痼っていくのかと思われたそのとき、享がスロットにカードを差し込んだ。

かすかに足下がブレてエレベーターが停止する。

それでも、玲二は表情すら変えなかった。

「少し話をしようぜ、レイジ。こういうチャンスはめったにないんでな」

焦《じ》れたのは享だった。

玲二はにべもなかった。

「話なんかねぇよ。おまえがあいつにうるさくまとわりつかなきゃ、それでケリはつく」

享は唇の端を小さくめくり上げた。

「…『ダークマターのレイジ』は誰にも熱くならないってのがウリだろ？　小姑《こじゅうと》みたいな口をきくなよ。幻滅だぜ」

「それを言うならおまえだろ？　発情期のノラ猫じゃあるまいし、『サイファのエッジ』がよだれ垂らしてド素人のケツなんか舐め回すんじゃねぇよ」

挑発には挑発で返す。享のようなタイプに押し負けるのは玲二のプライドが許さなかった。

「へぇー、驚きだな。レイジの正体は重度のブラコン野郎かよ」

いっそ辛辣《しんらつ》に享が煽る。

玲二は目の端をわずかに細めた。

（やっぱ、こいつはいけ好かない）

おそらく、それは享も同じだろうが。

「二度と言わないからよく聞いとけ。おまえらが裏で何をこそこそ企んでんのか知らねぇが、俺は何の興味もなきゃ関心もない。俺は森島明人《もりしまあきと》の腰巾着になる気はないからだ」

揺らがない双眸よりももっと冷たい声で引導を渡す。享が明人の子飼いであることは明白だったからだ。

言ってみれば。『サイファ』は明人の意を汲んで動く実働部隊のようなものだろう。それで享がどんな汚れ仕事をしようと、玲二は別になんとも思わない。あくまで自分のテリトリー外のことだったからだ。

「どこかのバカヤローみたいに粋がって森島明人の横っ面を張り飛ばしてやろうって気もなきゃ、あいつを後ろから蹴り倒して甘い汁を吸おうって欲もない。森島明人が……おまえが、欲をかいて俺のものに手を出さない限りはな。ギブ・アンド・テイクってのは、そういうことだろ？」

「勘違いすんな。オーナーはオーナー、俺は俺だ」

そういう台詞こそが耳障りだった。犬は犬らしく己の領分を全うしていればいいのに、変な欲をかいてよけいなことにまで首を突っ込みやがって……である。

「見え透いた言い訳なんか聞きたくねぇよ。和也をダシにして親衛隊のクソをひねり潰したことには目をつぶってやる。済んじまったことだからな。あいつがおまえの口車にホイホイ乗って十二針も縫うようなケガをしやがっても、それでおまえの首を絞め上げる気はねぇよ。あれは不運な事故……だからな。けど、そこまでだ。世間様じゃ『仏の顔も三度まで』って言うらしいけどな、あいにく俺の堪忍袋に三度目はねぇんだ。ケタクソ悪い呼び名付きで好き勝手に吠《ほ》えまくってんじゃねぇぞ。これ以上、あいつによけいなちょっかいかけやがると――ブチ殺すぞ」

目で口で威嚇《いかく》する玲二に、

「おー、コワ〜〜。本性丸出しじゃねーか」

享は激することもなく軽く肩をすくめると、カードを再びスロットに差し込んだ。すると、エレベーターは何事もなく動き出した。

12　変様《へんよう》

【夜の歓楽街、大惨事】
【渋谷《しぶや》で百人が将棋倒し!!】
【酒に溺《おぼ》れ、暴走する若者たち】

渋谷の『アルテミス』で起こった惨事はしばらくの間マスコミを賑《にぎ》わせていたが、事件は日々移り変わっていく。その言葉通り、喉元の熱さを通り過ぎてしまったかのようにやがて沈静化していった。

結局。和也《かずや》は、そのまま久住《くずみ》の家に居着く形で年を越した。

小池秀次《こいけしゆうじ》に抉《えぐ》られた傷の回復に、思った以上に時間がかかったせいもあるが、足の傷が完全に治りきらないうちは高見《たかみ》の家に戻ってくるな……と、玲二《れいじ》がそう言ったからだ。

それを聞いてホッと胸を撫《な》で下ろしたのは久住の伯母であった。玲二の口からまさか、

——すみませんけど、ちゃんと傷が治るまで、こいつをお願いします。

そんな神妙な台詞《せりふ》が聞けるとは思ってもいなかったのだろう。玲二が帰ったあと、しみじみと言ったものだ。

「あの子も、一応ちゃんとした口のきき方は知ってたのね。初めはどうなることかとヤキモキしたけど、とりあえずはこれでひと安心ね」

逆に高志《たかし》は、半ば肩透かしを食らったかのようにどんよりとため息をついた。

「玲二の奴、相変わらず何を考えてるんだかさっぱりわからねーな。いきなりおまえを張り飛ばしたときは口を出す間もなかったし。おれはてっきり、引きずってでもおまえを高見の家へ連れて帰るとか言い出すんじゃないかって思ってたんだけど」

和也にもわからない。玲二が何を考えているのか。相変わらず肝心なことは何も言わないからだ。いや……もしかしたら『エッジ』絡みのことには関わらせたくないのかもしれない。

以前の和也ならそれでなんの不満もなかったし、不都合も感じなかった。

しかし、今はそれでは済ませられない不安材料があった。予想外の事件が勃発《ぼっぱつ》して亨《エッジ》との確執が表面化したも同然だったからだ。

まさか、玲二が先に仕掛けるなどとは思わなかったが、煽《あお》るだけ煽って先に手を出させる……ぐらいのことは、きっちり計算ずくでやれるのが玲二だった。亨《エッジ》が簡単にひねり潰《つぶ》されるような性格だとも思えなかったが。

久住の家は居心地がよかった。あまりに居心地がよすぎて、しまいには何か落ち着かない気分になった。

正月の三が日が明けて早々に高見の家に戻ってくると、ようやくひと心地がついた。相変わらず問題は山積みにされたままで何ひとつ解決してはいなかったが。

玲二は変わらない。外で何をやっているのか、自分からは何も話さない。

それでも、聞けばそれなりの返事は返ってきた。たとえそれがシビアな皮肉であろうが、鼻先であしらうような嘲笑《ちょうしょう》だろうが、コミュニケーションの糸口にはなった。同時にそれは、玲二と肉体関係ができる前まではまともに対話をするきっかけも持てなかったことの裏返しでもあった。それを思うと『紆余《うよ》曲折あって』の言葉が本当に身に沁《し》みた。

和也にとって麻美《あさみ》とのセックスはごく普通の快楽だった。好きだから触れあいたくなるのが当たり前の感情だった。

玲二に力ずくでねじ伏せられたとき、それは恐怖になった。

後孔を裂いて無理やり玲二のものをねじ込まれる恐怖は、男としてのプライドを引きちぎられる激痛でしかなかった。屈辱にまみれた怖じ気《おけ》は和也を金縛りにするだけだった。

何もかもを拒絶するだけでは何も変わらない。八方ふさがりの中で、和也は一歩を踏み出すよりほかに術《すべ》がなかった。

そうして初めて、ほんの少しスタンスをずらしてやるだけで視点が変わることに気づいた。玲二を見る目も。自分自身を見つめる目も。少しずつ色が変わっていく。自覚するということは、見たくない物まで正視させられるということだった。

それでも、和也は見据《みす》えた物から目を逸《そ》らそうとは思わなかった。目先を変えたところで眼底にこびりついた現実が消えてなくなるわけではない。それを知ってしまったから。

玲二に抱かれることで、自分の中の何かが変わった。快感は拒否できない。自慰だけでは物足りない。セックスは射精することだけが快感ではないという刷り込みが入ってしまった。だったら、認めてしまえばいい。それも自分なのだと。そうすれば、もっと楽に呼吸することができる。

その上で、なし崩しに流されてしまわなければいい。できるはずだ。やろうとする明確な意思さえあれば……。

この半月、考える時間だけはたっぷりあった。

けれど、就活を控えている今、和也には筋金入りのエゴイストを丸抱えするだけの余裕はない。

一年前なら、キャパシティーからはみ出した物はすっぱり切って捨てればそれでよかった。今はそれができない。玲二がそれを許してくれない。

後戻りができないのなら、足下ではなく、しっかり前を見据えて歩いていくしかない。

オール・オア・ナッシング…………。

そう思うから神経がささくれ立ってしまうのだ。何もかも丸抱えできないのなら、できる部分だけを共有すればいい。たとえそれがプライドを掻《か》き毟《むし》るだけの異物だとしても『寄生』されるのではなく『共生』するのだと思えばまた別の視野が開けてくる。それがただのこじつけだったとしても。

その上で、玲二と対等を張れる男になればいい。兄でも弟でもなく、媚《こ》びるでなく、忖度《そんたく》することもなく、人として本当の意味で対等の男に……。

男の自分が女のように抱かれて、身体も心も流されて玲二の所有物に成り下がるのが耐えられないのだ。

それなら。抱かれているのではなく、玲二を抱いているのだと思えばいい。

まさぐり、絡みつく手を。指を……。

貪《むさぼ》り、吸いつく唇を——舌を。

和也の中に押し入ってくる玲二の昂《たかぶ》りごと、抱き返してやるのだと思えばいい。

あの、どうしようもないエゴイストが和也でなければ満たされないというのだ。和也とのセックスだけが身も心も熱くすると。真顔で、そこまではっきり言ってのけたのだ。

求められているのは真偽のわからない血の絆《きずな》ではなく、脆弱《ぜいじゃく》な甘さを排した熱く激しい楔《くさび》だけ……。玲二が欲する『メス』とは、そういう意味なのだろう。

今日から明日へと繋《つな》がるための取捨選択。和也の中で何かが少しずつ、ゆうるりと変わりつつあった。

§　§　§

「はっ……ン、あぁぁ……」

左の膝裏を大きくすくわれたまま内股《うちもも》に残る傷痕《きずあと》を舌で舐《な》め上げられて、和也は思わず吐息を呑《の》んだ。

高見の家に戻ってきてから三日目。玲二は、さも当然のことのように和也をベッドに引きずり込んだ。

「和也、ここ……感じンのか？」

ゆったり指でなぞられて、かすかに震えが走った。

「クソヤローの置きみやげってわけかよ」

らしくもない舌打ちをもらしざま、玲二は低く毒づいた。

小池秀次の歪《ゆが》んだ憎悪は和也の内股を裂いて、そのまま消えない瘢痕《はんこん》になった。

だが、玲二はそれを知らない。玲二の言う『クソヤロー』とは和也をイベントに誘った亨《とおる》のことだろう。

そんな思いがふと頭のへりをかすめ走ったとき、和也はびくりと背中をしならせた。玲二が傷痕におもいっきり歯を立てたからだ。

半ば勃《た》ち上がりかけていた快感が失せ、鋭い痛みに縮み上がる。

和也は身をよじりざま、玲二の髪をわしづかみにした。

「はっ…は、な、せッ……」

瘢痕ごと喰いちぎられるのではないかと錯覚しそうになる。何とか引き剝《は》がそうと摑《つか》んだ指に力を込めた。

「や、め…ろッ」

怒鳴り声にもわずかな泣きが入った。

「れ、い、じッ……」

和也の声が跳ねて掠《かす》れ上がると、ようやく玲二は顔を上げた。

「なん……でッ……」

痛みを嚙《か》んで睨《ね》めつける。

玲二は額にかかる前髪を搔き上げて、ぬけぬけと言ってのけた。

「これから先ずっと、おまえを抱くたびにこいつを見なきゃならねぇのかと思ったら、すげームカついた」

その言いざまがあまりにも腹立たしくて、右足で玲二の肩を蹴《け》りつけた。

玲二はびくともしない。それどころかうるさげに足首をつかんで払い落とすと、ゆっくりずり上がってきた。

「おまえ……さっき、あのヤローのこと考えてただろ？」

「おまえが思い出させたんだろうがッ」

じくじくと疼《うず》く痛みは消えない。唇を歪めてそっぽを向いた和也の顎を摑んで玲二が鼻先で笑う。

「そんな、半泣きするほど痛かったのかよ」

「痛ぇよ」

半ばやけくそで吐き出す。

「どこが？」

睨めつけた双眸《そうぼう》の中に揺らがない強《こわ》さを見て、一瞬、言葉に詰まった。

「俺に嚙まれたから痛いのか？　それとも……あいつのこと考えたらとたんにジクジク疼いちまったのかよ」

ひやりとしたものが和也の首筋を舐める。こいつは、どうして後ろめたいところばかりを選んで遠慮もなく抉ってくるのか。

「なら……忘れさせてやるさ」

唇の端だけでシニカルに玲二が笑う。笑いながら和也の耳たぶを舐め回すように囁《ささや》いた。

「痛いのもあいつのことも、何も考えられなくなるくらいよがらせてやるぜ」

和也はふと眉を寄せた。

「おまえ……享と、なんかあったのか?」

玲二は答えない。唇だけが耳の付け根から喉元へ落ちていく。それが鎖骨を舐めて乳首を噛んだ瞬間、和也は語気荒く玲二の肩を摑んだ。そのまま流されてしまいたくなくて。

「話せよ。あいつ絡みのことで、俺をハジくな」

チッ……と、玲二が小さく舌打ちをする。

「おまえとはつけなきゃならないケジメが残ってるんだってよ」

感情のこもらない低い声。

「『サイファ』のエッジはダテに場数は踏んじゃいないってか。小姑《こじゅうと》みたいに横からくちばし突っ込むなってマジでほざきやがったぜ、あのヤロー」

「知ってんのか? あいつ。俺たちのこと」

「初めっから何もかも承知の上でおまえを引っかけた……なんて、口が裂けても言わないだろうがな」

和也は黙り込む。

それっきり、玲二も口を開かない。

そうして白々と沈黙が落ちかけたとき、玲二が深々と唇を重ねてきた。

歯列をなぞり、ゆったり差し込まれる舌の淫猥《いんわい》さ。和也の舌を強引に搦《から》め捕《と》って、強く吸い上げる。息苦しさに、和也の鼓動がブレ上がるまで。

けれど。以前のように、力まかせに和也を引きずり倒しはしなかった。

待っている。

胸を、足を、隙間《すきま》なく密着させたまま、和也の唇を貪りながら——待っている。

和也はためらわなかった。手を伸ばし、玲二の背を掻き抱いて強く唇を吸い返す。

絡められた舌を抜き、ゆうるりとなぞり返す。歯列の裏を……。舌の先を……。

(来いよ)

抱き込まれたままの腰で、足で、誘う。

(俺でなきゃダメだって言うんなら、来いよ)

…………抱いてやる。

荒く吐息が上がるほどに玲二を抱きしめながら、胸の内で静かに切って捨てる。世間の常識も、しがらみも、モラル……さえも。

殉教者を気取るつもりはない。

深謀遠慮の果ての苦渋……でもない。

それでも。人間、誰かのために何かを捨てなければならない瞬間があるのだと。明日へ繋ぐ誰かのために、損得ではなく自分を捨てなければ始まらない一歩があるのだと。そう思えるようになった。


午後十時三十分。

ふと、なんの気なしに和也はリビングの固定電話に目を向けた。

夜の定期便がこなくなってから、もうずいぶんになる。

和也は思う。麻美もようやく長い迷路を抜け出たのだろうかと。

麻美自身のケジメと決断。

玲二の子を産んで母親になる。それだけが麻美のリアルな現実なのだろう。

和也は身に沁みて知っている。未婚のシングルマザーを選んだ母親の苦労を。幸せの定義という名の偏見を振りかざす世間の理不尽さを。今更、和也が何を言っても麻美の心には何も響かないということも。

何が正しい選択なのか。それは本人にしかわからない。

けれども。世の中というのは、本当に計算ずくでは回らないものなのだと和也はすぐに知ることになった。愛子《あいこ》からの電話で。

『麻美ね、子ども……ダメになっちゃったわ』

挨拶もそこそこに覇気のない声で愛子がそう言った。

『家族のこととかいろいろあって、やっぱり、相当プレッシャーだったのかも』

どっぷりと重いため息に語尾もかすれがちだった。

『遅くなっちゃったけど、一応、伝えとくわ。高見君には知る権利があると思うから』

そっけなく言葉を選んで電話は切れた。

和也はスマホを片手にどったりとソファーに座り込んだ。

何も言葉にならなかった。ただ、どろりと重いものが腹の底で痼《しこ》っただけだった。


その日。

「和也、メシ」

すっかり陽が高くなってからようやく起き出してきた玲二は、ノックもせずにいきなり部屋に入ってくるなり言った。

別に不意打ちを食らったからといって、あわてて隠さなければならないことなどひとつもなかったが、たまっていたレポート整理に追われていた和也は思わず舌打ちした。

「勝手に食え。俺は忙しい」

甘い顔をすると付け上がるだけだった。

「目玉に、サラダとコーヒーだけでいい」

「パンはテーブルの上。卵は冷蔵庫。ちぎって洗うのが面倒なら、そのまんまレタスでもかじってろッ」

レポート用紙をにらんだまま、語気荒く怒鳴り返す。

「――メシっ」

玲二は口調すら変えない。

きっと、和也が腰を上げるまで何度でもくり返すつもりなのだろう。

(普段は人が何を言っても無関心の権化のくせしやがって……)

内心でおもいっきり毒づく。声にならない悪態は噛み潰すと苦い味がした。

振り向きざま、和也は目だけでどやしつけた。さっさと行けよッ……と。

スエットに厚手のカーディガンを引っかけただけの玲二は、まだ寝ていたかったが腹がへったのでしょうがなく起きてきた――とでも言いたげだった。起き抜けのデカい図体に不機嫌なオーラをまとわりつかせて、和也が先に部屋を出ると大股でのっそり歩き出した。

玲二はダイニングキッチンの椅子にどっかり座ったまま見事に何もしなかった。なのに。

「目玉、二個。半熟な」

「ハムは、四枚」

「ドレッシングたっぷり」

注文だけはうるさい。

そうやって目の前にひと揃《そろ》い並んで、不精のとどめを刺すようにぼそりと言った。

「和也ぁ、フォーク」

頭を一発、本気で張り飛ばしてやりたくなるのを無理やり呑み込み、玲二の目の玉を突き刺さんばかりの手荒さで和也はフォークを突きつけた。

そんなことはまるでお構いなしに玲二がフォークを取る。そして、無言でガツガツと平らげはじめた。

(起きたばっかりで、よっくそんなにガツガツ食えるよな)

呆《あき》れるほどの食欲ぶりだった。

「まるで……ガキだな」

ガキと言われてさすがにムッとしたのか、玲二は二枚目の四枚切りパンの最後のひと切れを口の中に放り込んで、言った。

「おまえと違って育ち盛りだからな、俺は」

玲二がそれを言うと、マジで洒落《しゃれ》にならない。

「それ以上デカくなってどうすんだ、おまえ」

「他人の顎を見上げるより、人の頭を上から舐め回すほうがいいに決まってんだろ。タテもヨコも俺に敵《かな》わないからって、妬《や》くなよ」

「誰が妬いてんだよ。俺は並みだ」

「どこが、だ。今どきニキビ面の高校生のほうがよっぽどデカいぜ」

食欲魔人の高校生と一緒にするなッ——と言い出しかけて、やめた。

唾《つば》を飛ばして何を力説したところで、玲二相手に体格論など不毛なだけだった。

それを知ってか知らずか、最後に玲二はおもいっきりどぎつい嫌味を吐いた。

「和也、おまえ、それ以上体重落とすなよ。抱き心地が悪くなるからな。俺は発育不全のガキと寝る趣味はねぇんだ」

「俺も……ものぐさなブタはゴメンだ」

不毛だと思った舌の根も乾かないうちにぴしゃりと返す。いいかげん俺も懲《こ》りてねぇな……と思いながら。

「なら毎晩やろうぜ。セックスは楽しんでやせられる一番お手軽なダイエットらしいからな。一晩に三パツくらい抜けば、ブタになる暇なんかねぇだろ」

ヤブをつついてヘビを出す……とは、このことを言うのだろう。変なところで妙に有言実行になるのが玲二だ。

「——ブタで、いい」

和也はどんよりともらした。

片頬だけで、玲二が笑う。

そのとき——電話が鳴った。今どきこんな時間に固定電話にかけてくるのはくだらないセールスだけだろう。当然、無視だ。

ところが、何の気まぐれか、タテの物をヨコにもしないはずの玲二がすっくと立ち上がり、コール音の響く電話をしばし凝視していたかと思うと受話器を取った。

驚いた。というより、むしろ唖然《あぜん》となった。いつもとまったく違う玲二の対応に。

「だから、なんだ?」

問いかける玲二の口調は冷え冷えと低かった。

「……寝ボケてんじゃねーよ」

返す言葉の辛辣《しんらつ》さ……。

それで気付いた。もしかして、相手は享ではないのかと。

「玲二」

和也の呼びかけに、視線だけで玲二が応えた。

「享……か?」

「エッジ、だ」

和也は深く息を吸い、静かに吐き出した。

「代われ」

束の間、玲二は真上からじっと和也を見据えた。

「俺のケジメだ。おまえは……手も口も出すな」

「ついでに耳もふさいでろって、か?」

声のトーンが一段階下がった。

落ちてくる視線のきつさを意識する。以前とは違った意味で。

「そこまで言ってねーだろ。おまえがデカすぎて前が見えないから、ちょっと後ろに下がれって言ってるんだ。カヤの外まで蹴飛ばしゃしねーよ。だから——代われ」

差し出した和也の手に、無言のまま受話器を渡す。とことん冷めた目で。

「——待たせたな」

『よお。嬉《うれ》しいぜ。やっと声が聞けてな。スマホにかけてもぜんぜん繋がらねーし、メールはさっくり無視されるし。なぁ、着信拒否ってどういうこと?』

久々に聞く享の声も、口調も、変わりはない。いつもの、和也が知っている『黒崎享《くろさきとおる》』であった。

——が。和也には着信拒否した覚えがなくて、思わず玲二を凝視した。

なんだ?

玲二がじろりと見返してきた。

「それは、おまえの勘違いだ」

『……………なるほど。レイジのブラコンぶりも相当に重篤《じゅうとく》化してますってか?』

そこらへん一発で通じるあたり、和也の知らないところで玲二と相当にやり合ったのではないだろうか。

『今日もあっさり無視されちまったら、こりゃもう家に押しかけるしかねーか……なんて思ってたんだけど。やっぱ兄貴の貫禄《かんろく》ってのはスゲーな。あのレイジを一発で黙らせちまうんだから。そういうの耳の先で見せつけられちまうと、ますます手放したくなくなっちまったぜ』

最後の言葉がチリッと喉を刺す。

『けど、もう、何もかもしっかりバレまくってんだろうな』

わずかにトーンが変わる。

『もしかして……おまえ、怒りまくってるかぁ？』

「冗談はそれくらいにしとけよ」

『冗談じゃ済まねーんだよ。レイジに何度どつき回されようが、おまえが唾飛ばして何をどう否定しようが、高見和也はうちの身内《サロメ》ってことになってる』

和也は大きく息を吐く。足下に視線を落としたまま……。

「初めっから、そういうつもりで俺を引っかけたのか？」

『違うって言っても、おまえ、信じやしねーんだろ？』

即答できない沈黙を、享はどう受け止めたのか。

『俺としてはもう少し時間をかけてじっくり……と思ってたんだけど。噂《うわさ》のほうが先走りして現実を追い越しちまってんじゃ、もうにっちもさっちもいかねーよ。まさか俺としたことが、とっかかりが何にしろ、おまえとは通り名抜きのスッピンで付き合えるんじゃねーかって……。あれがケチの付き初めかもな』

口調の端にかすかな自嘲めいたものがこもる。

けれども、次の瞬間にはすっぱり掻き消えた。

『こっちにもいろいろ込み入った事情があってな。ま、今更言い訳もクソもねーか』

「あっさり言ってくれるもんだな」

『そりゃ、そうだぜ。ここまできたら、もう居直るしか手がねーだろうが』

「居直ってどうすんだ？　まさかそれで全部チャラにしようなんて思ってやしねーよな？　俺はそこまでおめでたくないんだけど」

『チャラにする気なんかねーよ』

低く揺らがないものを込めて静かに享が恫喝《どうかつ》する。それこそが『サイファ』のエッジの本性だと言わんばかりの鋭さで。

『サイファのサロメはただのマスコットじゃない。おまえがあってこその通り名だ。あっさり逃げられたとあっちゃあサイファの恥だぜ』

「恥をかこうがゲロまみれになろうが、そんなの、俺の知ったこっちゃねーよ」

『そういう台詞は通らねーんだよ、和也。おまえの顔と名前は、もうひとり歩きしてんだ。今更引っぱがせやしねーよ。そのうち、きっちり顔見せしてもらうぜ。ただの噂じゃなくな』

「マジで言ってんのか、おまえ」

『あー、大マジだ。こうなったらまだるっこしいことはナシだ。レイジにもきっちり筋を通して納得させてやる』

「おまえ。玲二にまで、よけいなちょっかい出すんじゃねえよッ」

するとと、思いがけず享が笑った。喉の奥で……。

『レイジも同じことを言ったぜ。もっとも、あっちはストレートにもろ過激な台詞を吐いてくれたけどな。足はもういいんだろ? 待ってろよ、和也。じきに迎えに行ってやるぜ。じゃな』

「おいッ!」

怒鳴り声が、通話切れのエコー音に掻き消されて沈む。

和也は叩《たた》きつけるように受話器を戻すと天を仰いだ。

「交渉決裂のようだな」

冷やかしには程遠い、言葉の重さがある。

「決裂もクソもねーよ。人の言うことなんか、ぜんぜん聞いてやしないんだから」

「当然だろ。あいつはエッジだ。シュージみたいなクソとは違う。正体バレまくってんのに、いつまでもダチ面してるわけねぇだろうが。これから本性丸出しにしてきやがるのさ。……んで？　なんて言ったんだ、あいつは」

「まだるっこしいことはナシだとさ。おまえにもきっちり筋を通すみたいなこと、言ってた」

玲二は組んだ足をほどいて、そのまま投げ出した。

「きっちり……なぁ。エッジも相当焦ってるようだな。手段を選んでる暇はないって、か。上等じゃねぇか」

ひとりごちながら玲二が不遜《ふそん》に笑う。

玲二と享。見かけは水と油のようでいて、そういう腹に一物あるようなところが変に酷似しているような気がしてならない和也であった。

13　毒のある果実

その日は、朝から霙《みぞれ》まじりの寒い一日だった。

さすがに、どこにも出かける気がしない。といっても、和也《かずや》は退屈するほど時間を持て余しているわけではない。

いよいよ就活に向けての本番が始まる。

昨夏のサマーインターンはそれなりに有意義だった。企業の合同説明会に顔を出すだけでも気構えが違った。

就活の短期インターンシップに応募するための情報収集は欠かせない。玲二《れいじ》や享《とおる》関係で気になることは尽きなかったが、就活に向けていろいろやることが多くて、それだけに構っている暇はなくなったというのが現状だった。

足の怪我《けが》以降、すっかり出不精になってしまったことは否めない。当然というか、長期でやっていたファミレスのアルバイトも駄目になってしまった。

アルバイトをやっているときはいつも時間に追われているような気がしてなんでも効率よく

片付けてしまわなければ気が済まなかったのだが、今は別の意味で切羽詰まっているような気がした。

しゃかりきに前だけを見据えて足を踏んばっていた頃は、後ろを振り返るのが怖かった。背中に玲二の冷たい視線が貼《は》りついているようで。

玲二に見られている。その、強迫観念にも似た……怖じ気。

立ち止まると、それっきり歩けなくなりそうで怖かった。荒い吐息を拭《ぬぐ》ってふと顔を上げると、いつの間にか玲二が立ち塞《ふさ》がっていた。

そうして、初めて気づいた。振り返る余裕のなさがどれほど視野を狭くしていたのかを。

いろいろと鬱屈していたものが目の前で一度に弾《はじ》けてしまって、初めて知った。認識し、理解することだけが『知る』ことではないのだと。

関係をもつことの、意味。

自覚する、責任。

何が間違っているのか……ではなく。正しいか、正しくないかを見極める眼力がいる。

それを決めるのは世間の常識でも理屈でもなく、確固たる意思だけなのだと。

事実は万人の目に残る結果であって、それが真実のすべてを語っているわけではない。

立ち位置が変わるだけで価値観も変わる。真実も逆転する。結果を怖がっていたのでは何も始まらない。

答えは単純明快だ。やろうとする意思と、一歩を踏み出す勇気さえあれば。

他人の下した評価を耳で聞き流すだけの、余裕。

揺らがない、気持ち。

そんなことを思って、和也はふと苦笑する。それじゃあまるで何のしがらみもなかった頃の秋葉《あきば》和也ではないかと。

『秋葉和也』であった頃は怖いものなど何もなかった。純粋に、自分自身が正義だと信じていられたから。

だからこそ『秋葉和也』は原点であっても、最上にはなりえない。

和也は『高見《たかみ》和也』になって初めて知ったのだ。口ほどに物を言う目つきや、吐き出される言葉、そして行為だけが人を傷つけるのではないことを。

そこに存在するというだけで、人の心を抉ってしまうこともある。それを身勝手だの不公平だの理不尽だのと、指を突きつけて糾弾《きゅうだん》することはたやすかったが。

(試されているのはなんだろう?)

和也は自問する。

情愛には程遠く、それでも、骨の髄まで絡みついて離れない灼熱《しゃくねつ》感……。巡り合わせと呼ぶには重い絆。

和也は今、正念場を強く意識する。

ここへきて急に足下が大きく揺れはじめていた。

迷夢ではない、現実。

あれ以来、享は不気味な沈黙を守っている。電話口での放言が、まるで間の悪い冗談であったかのように。水面がどれほど穏やかであろうと、水面下で何がどんなふうに動いているのか……和也にはわからない。

享の不穏な沈黙とは逆に、永遠に変わらないだろうと思っていた玲二が目に見えて変わりつつある。その動揺。

硬質な美貌はますます鋭利に。しなりのきいた四肢の張りは逞《たくま》しく。かもし出すものは冷然としたオーラで、より洗練された。意図せずに人をタラしまくっていた頃よりもずっと蠱惑《こわく》的に。

日常の平穏さに見え隠れする、変容。

和也がそれを口にすると、玲二はいつものようにシニカルに片頬で笑った。

「宝の持ち腐れはヤメにした。頭の上のハエを叩き落とすには、それなりのことはやらないとな。力は使って誇示しなけりゃなんの意味もないって、ことだろ」

§　§　§

高見家。

午後九時を過ぎた頃。

まるで和也が風呂から出るのを待ち構えていたように電話《スマホ》が鳴った。

着信表示は『黒崎亨《くろさき》』だった。玲二が勝手に着信拒否していたのを、いろいろ思うところがあって熟考の末に解除した。

通話をＯＮにした。

とたん。やけに歯切れのいい曲がいきなり大音量で耳を突き刺した。

思わず耳から離して、スマホを睨《にら》む。

「もしもしッ」

勢い声にも刺《とげ》がこもる。

『和也ぁ？　……あれッ？　オイッ』

脈絡もなく、声がキンキンに弾けた。たぶん亨なのだろうが、強すぎるＢＧＭに声が割れて判別しにくい。

そのまま切ってやろうかと思った、次の瞬間。

『カイッ！　うるせーぞッ。電話中だッ。もっと落とせッ！』

通話口の向こうで、そう怒鳴る声がした。

直後、ボリュームは見事にしっかり落ちた。

『もしもーし？　聞いてんのか？』

口早に享がまくし立てる。

しばらく聞き流しにしてから、和也は言った。

「──なんだ？」

『元気そうだな』

さりげない言葉の端にあざとい親密さがこもる。カイを怒鳴りつけた迫力がまるで嘘のように。

（それって、おまえ、誰に聞かせてんだ？）

思わず吐き捨てたくなった。

「だから、何の用だ？」

『つれないな。ただのラブコールだぜ』

しれっと、ことなげに言ってのける。軽いノリで。あの頃の、和也がよく知る口調で。

「演技派だったよな。『サイファ』のエッジがただの男に見える」

皮肉混じりに返す。

享は喉で笑った。

──と。

『ねえ、誰？』

トゲのある声が絡みつくように割り込んできた。

『あっち行ってろ。ジャマだ』

まとわりつく声を冷淡に引き剝がすようなそっけなさ。まるでスイッチがいきなり切り替わったかのようだった。

内股の傷がわずかに疼いたような気がした。

『誰よ？　あたしには知る権利、あるでしょ？　どこの誰？　どこのオンナにラブコールしてるのよッ』

ヒステリックにわめく声。その背後で。

……………『落ち着けよ』

……………『ただのダチだって』

……………『そうだよ』

宥《なだ》めるように交わされる会話。

（なんの茶番だ？）

じっとりと眉が寄った。

女はますます興奮して、享にではなく和也に向かって口汚く罵《ののし》り出した。

（酔っ払ってるのか？　それともラリッてんのか？）

そんな絡み方だった。それ以上聞いているのもバカらしくなって。

「おい、もう切るぞ」

『だから、ンな、つれなくすんなって言ってんだろう？　……サロメ』

まるで当てつけるように囁かれた最後の一言が胸を刺した。その痛みを切り捨てるように通話をＯＦＦにした。

次の夜。

深夜近くに電話が鳴った。知らない番号だった。

束の間、ためらってタップする。

相手が誰だかわからないので、こちらからは名乗らない。

通話口の向こうで、一瞬息を呑む音がした。

『もしもし……』

聞き覚えのない女の声。

（……誰？）

訝《いぶか》しげに眉を寄せたとたん、

『あの……サロメ、さん……ですか？』

そう呼びかけられて、わけもなくカッとした。

「違いますッ」

ひと声怒鳴って切る。

その次の夜も。

また次の夜も………。

電話が鳴った。時間もまちまちで、そのたびに表示されたナンバーが違う。

（どういう嫌がらせなんだよ）

覚えのない番号だとすぐに『拒否』にした。だから、だろうか。

ただの嫌がらせなのか？

それとも、タチの悪いゲーム？

どっちにしろ、そんなことに無駄に付き合わされるのはうんざりだった。

そんな、ある日の午後。メールボックスにメッセージが入っていた。

【どうも、ハルキです。エッジには内緒の話があるので電話してもいいかな】

ハルキは、和也が享の正体を知る前に知り合った享の飲み友達である。早い話が、その頃から享の掌《てのひら》の上でいいように転がされていたわけだが。

いったい、どこで和也のメルアドを知ったのか。……なんて、聞くまでもないか。

このところ和也が見覚えのない電話番号を『拒否』し続けていることを知っているらしく、自身のナンバーも手抜かりなく添えてあった。

――で、かかってきた電話の内容だが。

『なあ、もう、勘弁してやってくれないかな。マリエの奴、エッジにベタ惚《ぼ》れなもんでキレちまっただけなんだ。女ってさ、惚れてる男のことになるとスゲー敏感なとこ、あるだろ？　おれたちはエッジの口ぶりであんたが相手だってわかってたから、ちょっとヤバイなぁ……とか思ってたんだけど。ホントは、こんなことをあんたに頼むのは筋違いだってわかってるんだけど、マリエの奴すっかりまいっちまってるんだ。そういうとこ、エッジは容赦ねーから。マリエがそんなんだからほかの女もピリピリしちまって、正直言ってお手上げなんだ。エッジはマリエがちゃんとあんたに取り次ぐまで、やめさせないぜ。だから、なぁ、頼むよ』

話がまったく噛み合わない。それが和也の正直な気持ちだった。

享からの電話を途中で切ってしまったことが変に歪曲《わいきょく》されて伝わっているようにしか思えない。彼らが誤解しているというよりはむしろ、享が故意に、そういうふうにこじつけた……みたいに。

（ほんと、マジで勘弁してくれって言いたいのはこっちなんだけど）

……………ため息が止まらない。ため息をつくたびに幸せが逃げていく……とかいうけれど、たぶん、和也の場合は限界値マックスだろう。

その夜。

ベッドでうとうとしかけていたら、電話が鳴った。着信表示を見たらやはり覚えのない番号だったが、昼間のハルキのこともあったので、とりあえず通話をＯＮにした。

『あの……。サロメさん、ですか？』

落ち着きのない掠れ声で『サロメ』と呼ばれることの不快さ。

享は彼女《マリエ》にそう呼ばせることで、和也にも、周囲の連中にも、明確なケジメをつける気でいるのだろう。

『あの……』

か細い声が震えている。内心、和也は舌打ちした。

「エッジ、出して」

享とは言わずにあえて『エッジ』の名前を口にする。

『は、はいッ』

思わずズリ上がった声が聞こえて、数秒後。

『よぉ。ご機嫌は直ったか？』

いけしゃあしゃあと享が言った。

それも今更なのかもしれないが。

(性格悪すぎだろ)

「話だけは聞いてやる。さっさと話せ」

『そろそろ出てこないか？　みんな待ってんだぜ、おまえを』

サイファの連中も、女たちも、きっと後ろで聞き耳を立てているのだろう。ＢＧＭどころか、こそりとも声がしない。

「そういうくだらない話は聞きたくないって、言ってんだろうが」

『こないだの事件でこっちにも被害が出てんだよ。俺の右腕二人がやられちまってんだ。その上サロメ抜きってのはさすがにキツイぜ。おまえ、足の傷はもういいんだろ？』

「無関係のド素人を頭数に入れるなよ。そんなモンがなくったっておまえ一人でも充分やれるのが『サイファ』のエッジなんじゃねーのかよ」

たぶん、もろもろの噂を繋ぎ合わせるとそういうイメージで間違ってはいないはずだ。

『へぇー、こりゃまた派手に買いかぶってくれたもんだな。そういう情報源はやっぱレイジだったりするわけ？』

口調は軽いが、おちゃらけた甘さなど微塵《みじん》もなかった。

『そういや、近頃のレイジはエンジン全開だもんな。いよいよ本領発揮でオーナー的にはニンマリかもしれないけど、あれで人並みの欲をかいたら、ほとんど無敵のバケモンだよな。手に負えねーぜ……。もっとも、そのレイジを一発で黙らせちまえるうちのサロメさまは、もっとスゲーけどな』

「おいッ」

思わず和也は声を荒らげた。

『あっ、悪い悪い。オフレコだったな、この話は。久しぶりにおまえの声を聞いてたら興奮して、ぺらぺら口がすべっちまったぜ』

束の間の沈黙がどんよりと痼る。それを裂いてたたみかけるように享が言った。

『……で？　おまえはいつから出てこれるんだ？』

転んでもただでは起きない奴とは、享のことを言うのだろう。どうでも既成事実は作ってしまいたいらしい。

「俺は就活真っ最中のただの一般小市民だ」

声音低くそれを口にすると。

『はぁ？』

享は素で変な声を上げた。

（こいつ……まさか、俺が大学生だってことを忘れてるんじゃないだろうな）

さすがに苛《いら》ついた。

「玲二にきっちりスジを通すんじゃなかったのかよ」

『そうしたいのは山々だけどな。やる気全開のバケモン相手じゃ手も足も出しようがねーよ。この際だから、ブチまけて言っちまうとな。こないだも、あっさり撃沈されちまったばっかりだぜ』

初耳だった。

『しれっとした顔で、ありゃあ相当根に持ってるよな「アルテミス」の件……。傷、残っちまったんだろ？　おまえ』

「……そのバケモンがマジでキレたとこ、おまえ、見たいってのか？」

『そういうキレ方、するわけ？』

「……そうだ」

和也はあっさり言い捨てた。今更変に隠しておいても意味がない。

『お気の毒さま』

まったく誠意がこもっていない。……どころか。

『けど、まあ、それでメゲてちゃあ名前が廃《すた》るよな。おまえはサイファのサロメ……なんだから』

ずいぶんと挑発的な響きを孕《はら》んでいた。

何をどう言っても、堂々巡りにしかならない会話の不毛さ。

どうして、こういう癖のある奴にばかり執着されてしまうのだろうと、和也は本気でツキのなさを呪《のろ》いたくなってしまった。

「いいか。もう一度だけ、はっきり言っといてやる。俺はまったくの無関係だ。それでも、どうでも俺にけったくそ悪い名前を押しつけたかったら、きっちり玲二を納得させろよ。それがおまえのケジメってもんだろ？　できないんだったら何も望むな。へ理屈で道理を曲げるのが

『サイファ』なのかよ。俺に……そこまで軽蔑《けいべつ》させせんなよ、享」

言いたいことだけブチまけて通話を切った。玲二の名前を重石代わりに使ったが、それくらいは当然の権利というものだろう。

§　§　§

「和也。明日の夜は外でメシ食おうぜ」

我が家で久々に顔を突き合わせて夕食を摂ったあと、満腹になった肉食獣《サーベルタイガー》がだらしなく寝そべっているかのように、長々とソファーに身体を伸ばしてスマホをチェックしていた玲二が不意にそう言った。

「なんで?」

「クラブのオーナーが、ご馳走《ちそう》してくださるんだとよ」

「俺込みで、か?」

「向こうも連れがいるらしいからな。俺だけ一人ってわけにゃいかないだろ?」

桂《かつら》ビルのオーナー、森島明人《もりしまあきと》。クラブ『アモーラル』で一度出会ったきりの、物腰は柔らかそうだがどう見てもただ者ではない雰囲気を持った美形。

極上の一流品しか似合わないような男の連れは、やはり、最上の女なんだろうな……などと思いながら、和也は玲二を流し見る。彼と対を張るダンディズムの片割れは、なぜ、普段はこうもズボラなトドなのだろうと。

「どうせ暇だろ？」

「暇じゃねーよ」

まったく、享といい玲二といい、就活準備を怠らない真面目な大学生のどこを見てそんなことをほざくのか。

「弟が世話になってるんだ。兄貴として挨拶のひとつぐらいしといたって、バチは当たらねえよな」

都合のいいときにだけ弟の権利を前面に押しつけてくるエゴイスト相手に、できれば不毛な会話はしたくない。

「森島さんは、そういうことまで知ってるってことかよ」

「別に、こっちから履歴書を書いて出したわけじゃないけどな」

「どこだ？」

「神楽坂《かぐらざか》の『一力《いちりき》』に十九時」

「それって、どういう場所？」

「どういうって、何が？」

「だから、どういう服装で行けばいいかってことだよ」

その場所に見合うドレスコードというものがあるだろう。明人と会食というのだから普段着はマズいという気はするが、一応念のためだ。

「そんなに格式張った場所じゃないみたいだから、それなりでいいんじゃないか？」

「おまえのそれなりと俺のそれなりは違うんだよ」

「見合いに行くわけじゃねぇんだから、そこはおまえのセンスの問題だろ」

言い方がいちいち癇《かん》に障る。……が、服選びのセンス云々を玲二と張り合ってもしょうがないので、とりあえずそれなりで行くことに決めた和也だった。


ネオンぎらつく夜の歓楽街とは別の趣がある神楽坂。有名な神社や寺があり、昔ながらの面影がありつつ現代にマッチしたカフェや雑貨店などの洒落た雰囲気を漂わせている散策スポットでもある。とはいえ、普段の和也の生活圏とはかけ離れているのでめったに来ることはないが。

割烹《かっぽう》『一力』は奥まった細道のそこだけぎっしり緑が詰め込まれたような場所にあった。ビジネス街のオアシススポットであるかのように。

ここの目玉は巨大な生け簀《いす》で泳ぐ鮮魚の活《い》き造りだが、変に格式ばったところのないのが特徴だった。

特に、二千円でお釣りがくる値段で刺身から天ぷらや小鉢物、それに茶わん蒸し、雑穀米か白飯を選べてお代わり自由……というボリュームのあるランチタイム・メニューは、ビジネス街のサラリーマンやＯＬ以外の客足をも惹《ひ》きつけ、昼食時の時間待ちは常識となっていた。

また、夜になると昼間とは違った客筋が多いことでも有名で、個室の座敷の予約は一ヶ月前が当然……の、繁盛振りであった。

午後六時五十分。

ボアブルゾンにざっくりしたセーター、チノパンという格好の和也は、仲居の案内で『藍《あい》の間』に入ったとたん、思わず声を呑んだ。そこに享がいたからだ。享はベイクドカラーのニットセーターに黒のボトムズというラフなスタイルだった。

大きく見開いた和也の双眸はしばしの間、まじまじと享を見つめたきり動かなかった。

どうしてここに享がいるのかがわからない。

和也は玲二の兄としての顔合わせ……そのために招かれた会食だと思っていたが、明人の意図は違うのかもしれない。

「森島さんの連れって……おまえだったわけ？」

こういう展開はさすがに予想外だった。単純に驚いたというよりも明人と享の思いもよらない接点を見せつけられて愕然《がくぜん》としてしまった。もしかして、玲二と享の関係がぎくしゃくしているることを知った明人がそれを仲介するために一席設けた。それがこの会食の本当の目的なのかもしれない。

だが、享の驚きはそれ以上だったようで。

「まさか、おまえ一人ってことはないよな。レイジもか？」

問いかける口調の低さがどんよりとトグロを巻いていた。

「何も聞いてなかったたって、顔だな」

「すんげー嫌なサプライズって感じ。おまえ、仕掛け人はどっちだと思う？」

「時間がくれれば嫌でもわかるんじゃね？」

十分後。タートルネックとスキニーパンツというスタイルの良さを際立たせたスタイリッシュなコーディネートにモッズコートを羽織って現れた玲二は、しばし戸口の前で突っ立ったまま交互に和也と享を睨み、ことさらゆったり歩み寄ると和也のとなりにどっかり座り込んだ。

「聞いてないぜぇ……ってか？」

テーブルに片肘をついたまま、茶化すには笑えないトゲを込めて享がつぶやいた。

それから数分遅れでやってきた、定番のオーダーメードの三つ揃いを上品に着こなした明人は和やかというには程遠いその場の空気を気にも留めずにすんなりと享のとなりに腰を下ろした。

「さて、それじゃあ始めようか」

何をですか？

つい、その言葉が口をついて出そうになった和也だった。

「どうも。いつも玲二がお世話になってます」

今更ボケた台詞だとは思ったが、何か言わなければ何も始まらないような気がして和也は軽く頭を下げた。さすがに、いきなり『森島さんと享とはどういうお知り合いですか』なんてストレートに聞くのは憚《はばか》られた。

「いや、世話になっているのはこちらのほうでね。今後ともよろしくお願いしたい……と、まあ、堅苦しい挨拶はこれくらいにして」

促されて、和也はあわててグラスを取った。まさか、明人に乾杯のビールを注いでもらえるとは思ってもみなくて。居酒屋でわいわいやるのとは違って、こういう席の正式なマナーがわからない。

「それに、君とも一度じっくり話をしてみたいと思ってね。一席設けさせてもらった」

「俺……ですか？」

何か意外なことを聞かされたような気がして、訝しげに明人を見つめ返した。

久々に外でじっくり腰を据えて飲むビールの喉越しは最高だった。

となりで享と玲二が天敵《ハブ》《マングース》のごとく睨み合っていなければ、だが。

「ほお、問題児ねぇ」

興味深そうに明人が目を細めた。

明人は思っていた以上に話し上手の聞き上手だった。普段はもっと警戒心が強いはずの和也が世間話のついでにすっかり和んでしまうくらいには。

「俺、群れに入れないハグレ猿でしたから。嫌いだったんですよ。何でもかんでも他人と同じじゃなきゃ駄目っていうのが。グループで弾かれないように言いたいことも言わないで、ただじっと我慢してるような奴はただのバカヤローだって思ってましたから」

本音がぽろぽろこぼれ落ちる。玲二にも言ったことがない話だからか、もちろん享も知らないプライベートなことだからか、二人ともちらちら視線を流してきた。

「協調性ゼロの、生意気で、可愛《かわい》げのない奴？」

「よくわかりますね」

「子どもの頃、私もさんざん言われたクチでね」

「森島さんが、ですか？」

驚いた。社交性の達人みたいな明人にもそういう時代があったのかと思うと、なんだか意外すぎて。

「そう……。実は、父親が並みのヤクザも裸足で逃げ出すようなロクデナシの極道だったりするもので」

瞬間、変に喉が詰まったような気がして。和也はまじまじと明人を凝視した。

「睨む目付きが気にいらないって平気で我が子を殴りつけるような、どうしようもなく凶悪な父親でね。そういう男だったからロクな死に方をしなかったけど」

どういうリアクションをすればいいのか……わからない。

とてつもなく重い話をさらりとした口調で語る明人の本音がどこにあるのか。見当もつかなかった。

活き造りの天然鯛《だい》はプリプリ身が締まってすごく美味《うま》かった。

場の空気がなんとも言えない息苦しさに澱《よど》んでいなければ…………。

（これって……。どうすればいいんだ？）

ちらりと玲二を見やっても無視され、返す目で享に目をやれば手酌でビールを美味そうに飲み干していた。

（おい、おまえら。少しは場を和ませようって気にはならないのかよ）

明人一人を相手にするには和也では荷が重すぎた。人生の経験値が足りなさすぎて。

「足の怪我は、もういいのかな？」

「え？　はい。まぁ、なんとか……」

話が軌道修正されて、とりあえずホッとした。

「災難だったね、本当に」

「不幸中の幸いです。縫っただけで済みましたから」

それって、玲二か享、いったいどちらから得た情報だったりするのだろうか。

「でも、レイジは心配で心配で何も手につかなかったようだよ？　その頃は、ちょうど抜けられない大事なパーティーが続いていたものでね。普段なら何があっても平然としている男が妙に殺気立った顔してるものだから、客が怖がってね。見事に誰も寄りつかなかった」

それはそれで玲二の仕事ぶりを知る上で貴重な情報だったが、さっきの今で、明人が何を言い出すのかわからない不安と焦りで、

「そう……ですか？」

和也の相槌もぎくしゃくしてしまった。

「大変だね。独占欲の強すぎる弟っていうのも」

「いや……別に、そういう……ことでは……ない、です……」

なんだかまた話が変なほうに転がってしまいそうで、つい、しどろもどろになってしまう和也であった。

「そうかな？」

料理に箸《はし》を伸ばして、意味ありげな明人の視線からさりげなく目を外す。

…………と。

「独占欲も度を越しゃあただの傍迷惑野郎だぜ。なあ、和也？」

先ほどまでまったく会話に混ざらなかった享がいきなり参戦してきた。しかも、名前を呼び捨てで。まるで親密さをアピールするかのように。

いったい、誰に?

この状況で、なんのために?

「嫌がる人のケツをしつこく追い回してる奴が、言うなよ」

ついには玲二までもが………。売られた喧嘩《けんか》は倍返しが上等、そんな内なる声が聞こえたような気がした。

「あ、あの……森島さん、ご兄弟とかは?」

「戸籍上は一人っ子だね。でも、私が知らないだけで義弟やら義妹やらがいないとは言えないかな。なにしろ、気分次第で人妻だろうが女子高生だろうが、手当たりしだいの外道だったから……」

ちょっと、もう……勘弁してほしい。

そういう心臓に悪いノリツッコミはマジでいらないからッ!

内心の雄叫《おたけ》びを和也は一気にビールで流し込んだ。


明人に話を振るとどんどん空気が悪くなっていくような気がした。なんの意図で明人がそういうことをしているのかも、まったく理解できない。だったら、狙《ねら》い目を変えればいいのではないかと。そう思って。

「え……と。享は……森島さんとどういう知り合いなわけ？」

一番気になっていたことを聞く。明人ではなく、享に。

二人がいったいどういう関係なのか。ここまで来たら和也も半分開き直りの心境だった。

「年少送りになる一歩手前で拾ってもらったんだよ」

「そりゃ、なかなか……ハードだな」

こちらはこちらでツッコミどころが満載らしい。享がエッジだと知る前にはそういう突っ込んだ話はしなかったので。

もしかしなくても、あの頃はお互いに手探り状態だったのかもしれない。享が言うところの、とっかかりが何にしろ通り名抜きのスッピンで付き合えるかどうかを見極めるために……。

「親に見放されたガキなんて、そんなもんだろ？」

さらりと享が言った。享の中ではすでに消化された過去なのだろう。

「ただの甘ったれ……とも言うけどな」

玲二が冷然と抉る。

「そういうセリフはちゃんと乳離れしてから言えよ」

「徒党を組んでなきゃ何もできないヤローに言われてもな」

「一匹狼《おおかみ》を気取るエゴイストはただの腐れボッチだろ」

「負け犬の遠吠《とおぼ》えにしか聞こえねぇ」

ああ言えば、こう言う………。享と玲二の、打てば響くような嫌味と皮肉の応酬に和也はどんよりとため息をついた。

（こいつら、もしかして相性ピッタリなんじゃねーか？）

天敵モードという縛りがなければ、だが。

§　§　§

遠慮もなくたらふく食って、飲んで、時間があっという間に過ぎていく。

そうやって『一力』を出ると、急に寒さが身に沁みた。

明人がカシミヤコートを優雅に着こなして出てくる。

「ご馳走様でした」

きっちり深々と頭を下げる。

会食はまああれだったが、食事は文句なく美味かった。

そんな和也の腕をやんわり摑んで、明人が言った。

「もう一軒、付き合ってもらえるかな？」

黒々とした双眸に射《い》竦《すく》められるような気がして。

「それは……構いませんけど……」

思わず口ごもる。この規格外れの顔ぶれに囲まれて街を流して歩くのか——と思ったら、半ば無意識のため息がもれた。

「じゃあ、行こう」

そう言ったきり、明人は玲二たちを振り返りもしない。まるで和也の了解を取りつければ、それでいいのだと言わんばかりに。物腰の柔らかさばかりに目がいってしまいがちだが、明人の押しの強さも相当なものだった。

このまま歩いて行くのかと思ったら、明人がスマホの配車アプリでさくさくとタクシーを呼んでしまった。

夜の十時前など宵の口だ。鮮やかなイルミネーションが派手に、露骨に、男を……女を誘っていた。和也たち四人が歩道で立ち止まっているとさすがに目立つのだろう。それぞれが醸《かも》し出すオーラが混ざり合うとそれだけで悪目立ちの異次元空間であった。

誰もが一瞬足を止めて凝視する。

ある者は驚愕の眼差《まなざ》しで。

ある者は興奮ぎみに。

そして、囁き合う。額を肩を寄せてひそひそと。

そんな好奇に満ちた視線など四人のうち誰ひとりとして気にもとめなかったが。

そうやっている間にタクシーが来て四人が乗り込んだ。

「新宿《しんじゅく》のダイヤモンド・ビルまで」

明人が告げると、タクシーはすぐに走り出した。


新宿。ダイヤモンド・ビル、八階。バー『サードニックス』。

ムク材のどっしりとした扉を開くと、中はカウンターまでぎっしり混んでいた。

扉の前のスツールには席待ちのカップルが三組、互いのパートナーの存在を忘れてしまったかのような目でまじまじと和也たちを見ていた。

明人がクロークに名前を告げる。すると、すぐさま支配人らしき男がやって来て深々と頭を下げた。

「森島様、お待ちしておりました。どうぞ、こちらへ……」

『一力』を出る前に、明人はすでに連絡を入れておいたのだろう。

事前に電話をしただけでボックス席ひとつを確保できるのは、やはり『森島明人』だからなのだろう。もしかしたら、森島グループが所有する物件のひとつなのかもしれない。オーナー特権というやつだろうか。そんなことを考えながら指定された席に座る。

明人が馴染《なじ》みだというこのカクテル・バーはシックな格調高さが売り物なのだろう。

キャピキャピした笑い声などひとつもない。耳障りにならないほど静かに流れるBGMも、カウンターのバーテンダーも、品のよい落ち着きがあった。

店のドアから遠い、フロアよりもう一段高いそのボックス席は広々として四人で座ってもまだゆったりとしていた。

玲二と享は、相変わらずむっつりとグラスを傾けている。下手に話を振ると辛辣な毒台詞を平然と投げつけ合うので、和也はもっぱら明人を話し相手にする。

明人は始終にこやかだった。『一力』でのあれはスパイスがききすぎたジョークなのではないかと思えるほどだった。

何はともあれ、不毛な沈黙などひとつもない会話はすこぶる楽しかったし酒もうまかった。

『一力』では肩の張った緊張感があったが、ここにはない。

そのせいだろうか、久々のアルコールは回りが早かった。

§　§　§

かすかな喉の渇きに、ふと目が覚める。

とろりと潤んだ双眸で薄暗い天井を見て、和也はそこが自分の部屋ではないと知る。

「あ…れ？」

声に出してまばたきを繰り返す。

ここは、どこだろう？

かさついた下唇を舐めながら、ゆったり記憶をまさぐる。

二軒目のバーで飲み直したあと、タクシーに乗ったのは覚えている。……が、それから先の記憶がない。

ぎくしゃくと身体を起こして、もう一度考える。

（ここはどこだ？）

頭はどんよりと鈍かったが、重くはない。わずかでも眠ったことで、少しは酔いも醒めたのかもしれない。

和也は立ち上がって素足のまま目の前のドアを静かに開けた。

まず、耿耿《こうこう》とした明るさが和也の視界をくらませた。

目を馴染ませて、それからもう一度見やる。

そこは、まるでホテルのインペリアル・ルームのようだった。

ソファーも、テーブルも、家具も、押し付けがましさのない落ち着いた色で統一され、それでいてちゃんと自己主張している。だが、あまりに整然とした生活感のなさと、汚れひとつないような清潔感がかえって落ち着かない気分にさせた。

テーブルの上にはグラスがひとつ。

誰かがいたことは間違いなさそうだが、誰がいたのかはわからない。

するとと、急に不安になった。

ソファーに座るでなく、何をするでもなく、もう一度部屋の隅々にまで視線を巡らせていると。

「何やってんだ、おまえ」

耳慣れた声がした。

バスローブ姿のまま玲二は和也の視界の端から端へとゆったり歩き、束の間、壁の向こうに消えたかと思うと、グラスにたっぷり注いだトマトジュースを片手にどっとソファーに腰を落とした。

「何って……おまえ……ここ、どこだよ」

見知らぬ場所にひとり置き去りにされたような不安が解消されると、なぜか無性に腹が立ってきた。

「桂ビルの最上階。まっ、俺のセカンド・ハウスだな」

こともなげに玲二が答える。

和也はどういうリアクションをすればいいのかもわからず、ただ呆《あき》れ返ったように玲二を見つめ返した。

「おまえ、そんなもん持ってたのかよ」

「俺は森島明人の持ち駒の中じゃナンバーワンだぜ。このくらい当然だろ？」

自惚れではない絶対的な自信とでも言えばいいのか。

和也は息を呑む。突然、玲二の、隠された一面を見せつけられたような気がして。

「高見の家にはビジネスの『ビ』の字も持って帰りたくないからな。仕事の垢《あか》はみんなここで落としてから帰るんだよ」

冷然とした顔の裏で、玲二がそんなことを考えていたなんて気づきもしなかった。

それでも、香水の移り香までは気にとめないというのがいかにも玲二らしくて、和也は思わず苦笑した。

「なんだよ？」

「だから……おまえ、家に帰ればただのものぐさなトドになっちまうのかと思ったら、笑えてきただけ」

「セックスだけが生きがいの奴らと一緒くたにすんなよ」

むっつりと、玲二は一気にグラスをあおる。

「おまえ、シャワー浴びてこいよ」

「家に帰るんじゃねえのかよ」

「夜中の三時だぜ」

言われてハッとする。

「バスルーム、わかるよな？」

「あー……」

じっとりもれる吐息が重い。やっぱり飲み過ぎだろう。

そんな和也の視界の端で、玲二がスマホで誰かに電話をしているのがちらりと見えた。

(夜中の三時過ぎに誰に電話してるんだ？)

気にはなったが、玲二のやることにいちいち理由付けは必要ないのかもしれない。そう思って、バスルームに歩いて行った。


パシパシと肌を弾く水飛沫《みずしぶき》が気持ちよかった。

身体の節々に痼ったかったるさがゆるゆると揉《も》みほぐされていくような気がして、束の間、目を閉じる。

何か、いろんなことが一度にドッと押し寄せてきたかのような一日だった。

森島明人…………………。

謎めいた雲上人が不意に身近な存在に思えてくる――不思議。なんの違和感もなくすんなり受け止めてくれる懐の深さがなぜか高見の義父を思わせて和也は困惑する。

(や……父さんと比べるなんて森島さんに失礼すぎだろ。森島さん、たぶん三十代だよな？ギリ、お兄さんだろ)

今まで気を張る必要のない相手といえば、高志《たかし》だけだった。

享にはそうなりかけて、手酷《てひど》いしっぺ返しをくらった。その苦さを和也は忘れていない。

けれども。明人には、そのままゆったり寄りかかってしまえるような安心感があった。むろん、それは和也が玲二の兄だということで、明人がそれなりの気を遣っていてくれるだけだとは知っていたが。

それにしても、享と玲二、それに部外者の自分を交えてのあの会食の真の意味は、いったい何だったのだろう……と、和也は今更ながらのため息をもらす。

結局のところ、自分が一番はしゃいでいたような気がする。

何か……違うのではないか?

酔いも醒《さ》めて和也は自問する。

玲二と享のあの奇妙な暗黙の了解めいた沈黙は、いったい何を意味するのだろうかと。

明人のプライバシー……。和也相手に、明人はなぜ、あそこまで赤裸々に晒け出してみせる必要があったのだろうと。

ふつふつと湧き上がる——疑問。

そして和也は知る。自分はなんの手札も握ってはいないのだと。

「おま……いいか、げん……し、ろっ…」

指で、舌で、唇で。先ほどから、同時に、何度も同じところだけをしつこく弄《いじ》られて、和也はたまらず声を荒らげた。

「何が？」

「は…ぅッ……」

言いながら、尖《とが》りきった乳首に歯を立て、ねじ込んだ指をひねる。

思わず浮かせた腰をがっちり抱き込んで、今度は舌で舐め上げる。

和也は小さな悲鳴にも似た声を上げてズリ上がった。

「もう…も、た、ねえ…って……」

震えを噛んで和也が玲二の首にしがみつく。

玲二は片手でうるさげにその手をほどき落とすと、和也の耳に囓《かじ》りつくように言った。

「違うだろ？　おまえはイヤなだけなんだ。乳首舐められて、ここで感じて、女みたいなよがり声上げるのがイヤなんだ」

「……ちが……」

「なら——声、噛むなよ。おまえのイイ声、ちゃんと俺に聞かせろ」

痺れるような甘い疼きが、和也の鼓動を追い込む。荒く……。大きく……。次第に血が迫《せ》り上がるような激しさで。

吐息が上がる。

快感が唇の震えを誘い、喉を灼いていく。

ゆるゆるとくねる指……。それがなんのためらいも遠慮もなくそこをなぞり、捕らえた瞬間、和也は思わず全身で声を絞り上げた。

「は、あ〜〜ッ」

気が通った灼熱感。

頭の中から何もかもが弾け飛んでしまうような錯覚に雄刀の先も灼けついた。

それでも何かにすがっていないと底無しになりそうで、和也はむしゃぶりつくように玲二の腕に爪を立てた。

「や、めっ……ンっ……はあ……イッ……」

玲二の指だけを深々と呑み込んだまま、和也は尻をくねらせ、玲二の腹にこすりつける。弾ける寸前にせき止められたそれを。何度も、何度も……。

「イッて、いいぜ」

玲二の言葉に、舌に、指に煽られ、極みへと追い上げられるまま一気に弾ける。

口から吐く息が、まるでどろどろの溶岩のようだった。

肩が荒く上下する。

うっすら汗の浮いた額に貼りつく、髪。

それでも、股間《こかん》にまとわりつく熱い痺れは途切れなかった。

まだ、何か――足りない。そんな熱さにまとわりつかれたまま、不意に放り出されたような気がした。

「そのまま、来いよ」

和也は荒く息を嚙む。半勃ちのときですらずっしり質量感のある玲二のそれを目にして、和也は知らず竦み上がった。

「でき…ねえ……よ」

「舐めてやるから、来い」

口調は甘いがトーンは低い。

一瞬、ためらって、和也はのろのろと玲二に尻を向けた。

四つん這《ば》いのまま、後蕾を左右に押し開かれて、和也のすべてが剝き出しになる。

納得ずくのことだとはいえ、ひどい格好だった。こそげ落ちたはずの羞恥《しゅうち》が……わずかにまだどこかで引っかかっているかのような気がして、腕が、足が、小刻みに震えてくる。

しかし、それが屈辱的な行為だとは思わなかった。

力まかせに無理やりねじ込まれるのは嫌なのだ。ベッドの上でマグロになっていても抉られる痛みは変わらない。玲二が和也をそういうふうに抱きたいというなら、その上で、なるべく身体に負担のかからない最善の方法を選びたい。

玲二と対等のセックスをするということは、そういうことだと思った。

深々と差し込まれた玲二の舌が、肉襞の奥のひとつひとつを丁寧に舐め上げる。唾液《だえき》をたっぷりなすり込み、指で、馴らす。一本、二本……と。

だから——和也もためらわなかった。

玲二の股間に顔を埋め、ゆったり口に含む。その中で、次第に大きく勃ち上がる玲二にかすかな怖じ気を抱きつつ。このまま口の中でイッてくれないだろうか……。そんな願いは当然聞き入れられるはずもなく。

「ゆっくり、来い。大丈夫だって」

それでも、完全に勃ち上がった玲二を自分で受け入れるのは、無理やりねじ込まれる以上の苦痛でしかなかった。

ようやく正面から半分収めて、深々とため息をもらす。

すると、玲二が焦れたようにずり上がった。

「お、おい、玲二ッ」

「ほら、息、吸えよ」

「よせってッ」

「いいから。もっと力抜けって」

力を抜けと言われて、思わず腰が逃げる。

その腰を背中ごと抱き止めて、玲二が腰をねじり込む。力強く、開ききったそれを更にこすり上げるように……。

キンッと、頭の芯《しん》がブレて弾けたような錯覚に和也は硬直した。

「バッ…カ…やろ……」

詰めた息を嚙み殺して、和也は毒づく。玲二の肩口に顔を埋めたまま。

玲二はそのまま動かなかった。

和也が落ち着くのを待ってくれている……のでもなかった。

その目は、和也ではない遠くをじっと見つめていた。

（……何を？）

その視線をたどるように、ゆっくり目を流す。

そして――絶句した。

開け放たれたベッドルームのドアにゆったりもたれかかるように彼がいた。森島明人が。

どうして？　……声にならない言葉が唇の端で凍りつく。

「遅かったな」

玲二がもらしたその一言が和也の背を逆撫でにした。

明人は苦笑じみた微笑を浮かべ、静かに言葉を返す。

「さすがに――こういうことだとは思わなかったものでね。どうしたものかと考えていたところだ」

それだけで羞恥心が芯まで灼けつくような気がして、思わず目を背けた。

「それでも、そのまま帰っちまう気にはならなかったんだよな？」

玲二は平然と言った。自身のモノで深々と和也を穿《うが》ったまま。

「和也君があまりにイイ声で喘《あえ》ぐのでね。帰るに帰れなくなった」

玲二が嗤《わら》う。唇の端で。更に、和也の喉を締め上げるように。

「惚れても無駄だぜ。こいつは俺のだからな」

言いながら、ゆるゆると突き上げる。

「や、やめ…ろッ」

和也の哀願をねじ切るように。

「君の執着心はよく知っているつもりだったんだが……。考えが甘かったようだな。まさか、ここまで徹底しているとは思わなかった」

皮肉でも嘲笑でもない、真摯《しんし》な言葉の重さ。

しかし、玲二はもっと辛辣だった。

「だから、言っただろ。あんたは読み違えてるだけだって……。遠くでただ見てるだけじゃ、こいつのホントの価値はわからねえよ。だから——来いよ。俺の和也の一番イイとこを教えてやる」

和也はギョッと双眸《みは》を瞠る。玲二が何を考えているのか、わからなくて。

「あんたにも、一応、権利はあるんだぜ？」

玲二が、何を言っているのか……理解できない。

「どうする？　俺はどっちでも構わないけど？」

和也は蒼ざめる。何かが不意に断ち切れそうな気がしてうぶ毛までもがそそけ立つ。

「玲二……おま……何…言ってんだ」

玲二の目は明人を見据えたまま揺らぎもしない。

恐る、恐る……和也はもう一度明人に視線を這わせた。わずかな最後の望みを託して。

まさか、明人が、こんなくだらない挑発に乗るわけがないッ。

――――しかし。

明人はしなやかな足取りで歩み寄ってきた。和也と玲二のすべてを見据えようとでもするかのように。

情欲とはあまりにかけ離れたその眼差しの深さに身体ごと搦め捕られてしまいそうな気がして、和也は、思わず悲鳴を上げた。

「見るなァ――――ッ！」

§　§　§

ぐったり意識を飛ばしてしまった和也を寝室に残して、玲二と明人は代わる代わるシャワーを浴びたあとのバスローブ姿でリビングにいた。

「大丈夫かな、彼は」

狂宴の幕が下り、それでもまだ身体の端々で熱く疼く余韻《よいん》を引きずったまま、森島明人が言った。シャワーを浴びて事後の名残《なごり》は拭い去っても、なかなか平常心には戻れなかった。

「何が？」

ソファーにどっかりもたれたまま、玲二が問う。

「あれはどこからどう見ても、彼の本意ではなかったようだし。さすがに、ちょっと度を超してしまったのではないか……と思ってね」

玲二に煽られるままノッてしまったという自嘲がある。

「後悔してるって、か？」

玲二の口調はわずかかも揺らがない。

「まさか……」

さりげなくその言葉を口にして明人が微笑《わら》う。

いつもの穏やかさで。だが、いつもよりはずっと柔らかに。ある意味、明人の中で何かが変質してしまったかのように。

玲二はにやりと唇の端を吊り上げた。

「あいつはそそるだろ?」

揶揄にはならないそっけなさ。

投げつけられた言葉の重さを明人は自覚する。たがえることなく、しっかりと。

「サイファのサロメ……だったかな?」

男を魅了して破滅させる悪女。まさか、自分が、それを実体験させられるとは思いもしなかった。

「ンな、ケタクソ悪いあだ名で呼ぶなよ」

「いや……。誰が言い出したのかは知らないが、なかなかに的を射ているものだと思ってね」

玲二は不機嫌そうに目を眇《すが》めた。

「実際、こういう展開は思いもよらなかっただけにね」

暗に認めてしまう。なんの照れもごまかしもなく。

「あそこまで熱くなれるとは、正直、思ってもみなかった」

そう……。

まさか、自分が男を抱く羽目になるとは思わなかったのだ。いや、素面《しらふ》で男を抱いて理性の箍《たが》が外れてしまうなどとは思ってもみなかった……というのが偽らざる本音であった。

和也の背中を指で撫で上げるだけで細い喘ぎを上げた。女の肌触りとは違うのに、しっとりとした手触りが思いのほかなめらかだった。

玲二に弄られて尖りきった乳首を舌で丁寧に舐め上げると、ひくひくと身体をしならせて……いい声で鳴いた。

弾けないように快感をせき止められてしなりきったものは筋を立てていた。同性のそんなものをまじまじと見たことはない。もっと嫌悪感を覚えるかと思ったが、不思議にそんなことはなかった。

なにより、玲二に珠を揉まれてびくびくと引き攣る和也の内股がひどく扇情的で、明人はまるで魅入られるように筋を立てたそれを握りしめ、精を滲《にじ》ませた蜜口に舌を這わせた。

とたん、和也の喘ぎ声が淫《みだ》らに染まった。

精をこぼし続ける蜜口を爪の先で尖《とが》らせた舌で弄ると、それだけで極まったように和也が啼《な》いた。しゃくり上げ、息も絶え絶えに……哭《な》いた。

その声を聞いて、自制心が罅割《ひびわ》れた。

――いや。

あれがただの男なら。

誘いかけたのが玲二でなかったら。

…………すべては言い訳にすぎなかったが。

あれがゲームやビジネスであったなら、明人はクールな微笑ひとつであっさり無視しただろう。そして——切り捨てる。そんな誘いをかけてきた者を、問答無用で。ばっさりと。

だが、玲二は言ったのだ。明人に見せつけるように深々と和也を穿ったまま情欲には流されない強い双眸で。

——あんたにも、一応、権利はあるんだぜ？

何の……とは、言わず。不遜に煽る。血の絆を逆手に取って……。

そのとき、明人は思い知ったのだ。『ダークマター』のレイジにはない『高見玲二』の本性を。

見栄も、嘘もない。剝き出しの本音だけで玲二は人を選ぶのだろう。そこにはいっさいの妥協がなく打算もない。ともに奈落の底を凝視する覚悟はあるのか、と。

——どうする？　俺はどっちでも構わないけど？

シニカルに唇の端だけで笑うエゴイストは、そういって明人に選択を迫ったのだ。

リスクを背負って共犯者になるか。それとも、このままただの傍観者に甘んじるのか。

だから、明人はためらわなかった。『和也』という踏み絵を越えない限り、同じ目の高さで対等を張れないと言うのなら、それもよかろうと。本意であろうがなかろうが、玲二の流儀に従って踏み越えるまでのことだと。

服と一緒に脱ぎ捨てる。

『森島』の名前も。まとわりつく『しがらみ』も……。

そうして、玲二の共犯者になることを選び取った。背徳、禁忌《きんき》……二重のモラルに唾を吐きかけることを。

和也は蒼白だった。

玲二とのセックスには何の禁忌も持たず、自ら誘うように身体を開いた和也が、唇を震わせて『イヤだッ！』と——哭いた。

喉の奥から激情を絞り出すように玲二の名を叫び、身体をよじり『やめろッ！』と——啼いた。

明人は否応《いやおう》なく気づかされた。和也にとってセックスとは快楽を貪るためのものではなく、玲二というエゴイストを受け止めるための儀式により近いのだろうと。そこに第三者を割り込ませるのは、キャパシティー外の精神的な激痛でしかないのだろうと。

それでも、明人はわずかの躊躇《ちゅうちょ》もしなかった。いや……止まらなかった。理性が身体の熱さに引きずられてずくずくになってしまった。

和也の肉を裂いても、和也の心を抉っても、明人は玲二が欲しかった。この、半端でないカリスマが……。

享はそれを『らしくもない執着心』だと扱《こ》き下ろすが、享自身、我が身を顧みての、それは自嘲に近いつぶやきだったのかもしれない。

そして、明人もまた、情には流されないエゴイストであることを自覚していた。

それでも、その言葉が口をついて出た。

「……あのままにしておいていいのかな？」

かすかな痛みを伴って。

まやかしでも錯覚でもない血の滾《たぎ》り。『背徳』という名の毒は、喉元を過ぎてしまえば蕩《とろ》けるように甘く、思いもかけない灼熱感でもって明人の頭を腰をあぶり灼いた。

禁忌を犯すという淫靡《いんび》な快感。因縁めいた兄弟の絆……。弟であり、兄かもしれない男二人に情欲のまま何度も突き上げられ、それこそ精も根も尽き果てたようにぐったりベッドに沈んだ和也がやはり気にかかった。

玲二はこともなげに、きっぱりと言い切った。

「あんなことぐらいで、あいつは壊れやしねぇよ」

明人はため息ともつかぬものをもらした。

「あんなこと……ねえ」

「あんなこと、だ」

「その絶対的な自信はどこからくるのか……知りたいものだな」

皮肉ではない、純粋な疑問だった。

「あんたは知らねぇんだよ。あいつがどれだけしぶとい神経してんのか」

「根性論だけでまともに君と張り合えるとは思えないが？」

ゆったりグラスを揺らしながら、言う。

玲二は鼻先で笑った。

「わかってないな。あいつだけだぜ、まともな常識人捨てないで俺とタメを張れるのは。昔っからそうだ。引きずり回しても、蹴り倒しても、あいつは絶対に目を逸らさなかった。ドン底を這いずり回っても、俺を睨みつけたまま、そこから自力で這い上がってくるだけの根性してんだぜ。スゲーだろ？」

明人は苦笑する。片頬だけで。

「ということは、君の目から見れば、おれもまともな常識人じゃないってことらしいな」

いつの間にか『私』が『おれ』に変わる。玲二の前ではもう何も取り繕う必要はないのだと知って。

「今更だろ？　あいつを抱いた瞬間から、あんたも立派に俺と同じ外道だぜ」

「まあ、森島の名前自体、とうの昔に世間様の常識を踏み外していることだしな。今更まともな小市民になれるとも、あえて、そうなりたいとも思わないが。……で？　おれは君のお眼鏡にかなったと自負しても構わないんだろうな」

普段使いの『私』が『おれ』に変わる瞬間に押さえ込んだ本性が首をもたげる。

「あんたも相当、根性悪いな。腰は低いくせして……。ンなこと、わざわざ念を押すなよ」

「スジはきっちり通しておくのがおれのポリシーでね」

束の間、見交わす視線が張り詰める。

「誓約書は確かにもらった。けど、それは俺とあんたの間だけで通用する血判だってことを忘れるなよ」

「つまり。あれが最初で最後の固めの盃《さかずき》ってことか？」

「そうだ」

「…………なるほど。それでも、一応、兄貴としての権利は保留できるんだろ？」

そこが肝だ。玲二の唯一のアキレスはしっかり摑んでおかなければならない。

「変な欲はかくなよ？　万が一のために片手は常にあけとくっていうのが商売人の鉄則なんだろ？　俺か、和也か。ふたつにひとつ。決まってんだろ」

明人はやんわり唇をめくり上げた。

「怖いな……。執着心剝き出しのような弟と肉体関係があって、それでもまっとうな常識人をやってなきゃならない和也君の並々ならぬ決意のほどがよくわかるよ。どうして彼じゃなきゃならないのかもね。和也君は君が『高見玲二』であるための良心……なわけだ」

「良心なんかじゃねぇよ。良心で腹《ふく》は膨れないし、喉の渇きも止まらない。だから、あいつは……俺のメスだ」

明人を見据えたまま、玲二は本音を吐き出す。

「女だろうが男だろうが、あいつの髪の毛一本他人にくれてやるつもりはねぇよ。あいつを骨の髄までしゃぶり尽くしていいのは俺だけだ」

深く、静かに、一筋たりとも揺らがない激しいモノを込めて。

「それでも、万が一ってときの保険はちゃんと掛けておかなきゃな。エッジみたいな野郎もいることだし。だから、それをあんたにやってもらう。あいつに変なちょっかいを出させるな。『サイファ』のサロメは名前だけがひとり歩きする透明人間でいい。それ以外、俺は認める気はねぇから。あんたにとって俺は——それだけの価値があるだろ？　でも、だからって、俺はあいつを喰い殺す権利まであんたと共有するつもりはない」

「いいだろう。おれが欲しいのは和也君ではなく君だ。それだけ頭の隅にでも叩き込んでおいてくれればいい」

望んでいるのは『血の絆』ではなく、森島の名をしのぐ『カリスマ』だ。

求められているのはパートナーシップではなく『歯止め』だ。それが明人にとっては得がたい絆になる。

視差はくっきりと明確だった。

だから、明人は自戒する。和也を抱くことでしか手に入らなかった、その皮肉を。報告書というありきたりなものではわからなかった実情は、予想外に重いものだった。

見ているだけでは手に入らないものの真の価値。身を切ることで得たものは何よりも充実感がある。それがどのようなリスクであっても。

見据える先は決して同じではないのだと。

楔はしっかり嚙み合ってこそ、タテにもヨコにも揺らがない絆になる。

その核になるのは、玲二でも明人でもない。高見和也、ただひとりだけだった。

煽られて迫られた、選択。

踏み出した一歩に後悔はない。

が……かすかに明人は自嘲する。

(あれはひどく傷つけられた顔つきだったな)

それでも、玲二はきっぱりと言い切った。あんなことくらいでは和也は壊れないと。

明人は静かに気持ちを整える。

(では、見せてもらおうか)

不確かな血の絆などいらない。

どっちつかずの真実ならば、そんなものはグレーゾーンのままのほうが何かと都合がいい。

どう足搔いても切り離せない『森島』という名のしがらみ。ろくでなしの父親《ケダモノ》が不様な死に方をしたとき、何もかも投げ出してもいいとは思わなかった。さんざん苦労をさせられたのだから、元を取らなければ割に合わないと思った。そういう考え自体がすでに毒されていたのかもしれないが。

強者が弱者を喰らうのは自然の摂理だ。

力は、ただ持っているだけではなんの役にも立たない。権力はその名に相応《ふさわ》しい者が行使してこそ、より大きなパワーを生むのだ。

力を手にすることは、当然、そのリスクを負うことでもある。

だから、見据える。

情には流されない、目で。

玲二にあって明人にないもの。明人にあって玲二にないもの。突き詰めるのならば、それは執着という名の格差だろう。

和也という存在がこの先自分にとってどういう楔になるのか。……ならないのか。自分の目でじっくり確かめたい。それがすでに和也に囚《とら》われている証拠だったとしても。

エピローグ

新宿。

桂ライフ・ビルディング、十三階。限られた、選ばれた者だけが享受できる楽園『ダークマター』…………。

提供されるのは極上の時間。

洗練された贅沢《ぜいたく》な至福。

現実は何の意味も持たず。迷夢の重さも、痛みも、ここではひとときの甘美な毒になる。

そんな隔離された異形のオアシスの中で、ひときわ鮮やかなオーラをまとって玲二は泳ぐ。

誰よりも、しなやかに。

誰よりも、冷たく。

誰よりも、魅惑的に……。

男が——誘う。肩書きをちらつかせながら。

女が——媚びる。華を競うように。

その目で。

指で……。

その声で。

しぐさで……。

身体で。

金で——貢ぐ。

一夜の甘く蕩けるような夢をまぶたに描いて。

約束は、口からこぼれ落ちるだけの——まやかし。

睦言《むつごと》は、ただ闇に堕ちていくだけの——泡沫《うたかた》。

知りながら溺れていく。

華麗に。

淫靡に。

そして、浅ましく。

現実と幻覚を隔てる、一枚の分厚い扉。

深々と更けていく時間の流れを背に、絡みつく吐息も視線もあっさり切って捨てるように玲二は客を送り出す。居並ぶホストたちの最後尾から。蠱惑的な眼差しひとつで。

§　§　§

風呂上がりの髪はまだ濡《ぬ》れたままだった。

ビール缶片手に和也はテレビを見ている。どったりと足を投げ出したまま……。

画面の中のお笑い芸人がどれほどどぎついギャグを飛ばしても、なぜか笑えなかった。

バカバカしくて笑えないのではなかった。声は聞こえているのに、ときおり、スッと意識が抜けるのだ。それでハッと気づくと、また現実に戻る。

先ほどからそのくり返しなのだった。

舌打ちまじりにビールに口をつける。

そうして気づいた。初めにちょっと呷《あお》っただけで、それから中身はいくらも減っていないことに。

嚙み締めた奥歯の隙間から、不意に苦々しさが込み上げる。

和也はビールを呷る代わりに、何度も前髪を搔き上げた。

(なんでッ)

嚙み潰す言葉の重さ。

(俺にはわからねーよ)

やりきれなさは胸に痼ったまま溶けない。

ようやく玲二と同じ目の高さまできたと思ったのに、ホッと気を抜いたとたん、そこから一気に蹴落とされたような気がした。

それでも、玲二は言ったのだ。ショックで惑乱しきった和也の言葉にならない痛烈な平手打ちを避けもせず、その頬できっちり受け止めたあとに。

「あんなことぐらいで、おまえ、ドツボにはまったりしねぇよな、和也」

一切なんの弁解もせず、しごく平然と。だが、揺らがない真摯さで。

憤怒が喉を焦がすより先に搦め捕られてしまった。玲二の眼差しの強さに。……身体ごと。

「あんなことが……どうしても、必要だったってのか？」

「あー……」

にべもなく返される言葉。

なぜ？　——とは聞かず、和也は吐き出す。喉の苦汁を絞り上げるように。

「なら、おまえ、これから先もずっと俺にそういうことの片棒をかつがせる気なのか？」

「二度目はねぇよ。そのために手の内を晒け出して、納得ずくであいつを引きずり込んだんだからな」

玲二と明人の間で取り交わされたものが何であるのか、和也にはわからない。……知りたくもない。和也にわかるのは、じくじくと疼きしぶくものは当分消えはしないだろうということだけだった。

和也は知っている。あの半端でないエゴイストが嘘だけは言わないことを。
二度目はない。
だから、きっと……自分は許すのだろう。これから先も、玲二が玲二である限り……。
——何も見なくていい。俺の声だけ聞いてろ。
耳の底には、まだこびりついている。玲二の声が。
突き上げられて。
上り詰めて。
追い落とされて。
煽られて……。
それでも、玲二の囁きは途切れなかった。
——俺は……ここだ。
引きずられて、滾り上がった鼓動がそのまま千切れてしまうまで。
和也はどっぷりと息をつく。
毒を呷ることには慣れたが、その先が見えない。だから呪文《じゅもん》のようにくり返す。
大丈夫——俺は、こんなことぐらいで壊れやしない。
大丈夫…………。
大丈夫…………………。

§　§　§

夜が更けていく。

レイジのために設《しつら》えられた部屋で、レイジは返る。高見玲二へと。

ため息ひとつもらすことなく、あっさり脱ぎ捨てる。

ブリオーニのフォーマルスーツを。

ベルルッティの靴を。

無造作に外す。ロレックスのエクスプローラー36を。

フェイクではない、男の一流品。

そして、ドレッサーの引き出しに投げ入れる。女が、そっと忍ばせたものを。

クローゼットの奥にはリボンがついたままの貢ぎ物がうなっていた。物の価値のわからない奴だと、プレゼントたちが啼いている。

だが。『ダークマターのレイジ』という圧倒的な個性の前では、その嘆きすら、小ざかしい繰り言にすぎない。

ましてや、レイジの何もかもをこともなげに捨てさり、何の未練もなく、ただの『高見玲二』に返る男の前では価値観どころかその輝きのひとつも放てないのだった。

シャワーを浴び。
レイジのすべてを洗い落とし。
そうして、玲二は帰る。
和也の待つ、我が家へと……。

あとがき

こんにちは。吉原《よしはら》です。

新装版『渇愛・下巻』をお届けいたします。令和版リニューアルということで、今回も時系列を整理いたしました。

大幅加筆修正というより、本人的には、なんだかもう書き下ろしも入ってまっさら新品……の気分です。…………死にましたけど（笑）。

上巻もそうでしたが、死語や化石もいろいろあって、そこに新たな新語が加わって、時代の流れを感じます。

ＪＵＮＥの匂いを残しつつＢＬ世代へと、少しは進化してますでしょうか？　まぁ、どうやったってすっきり爽やかにはなりようがないのですが。だったら、回帰してもいいかなぁ……とか？

玲二の尖ったところや和也の懐の深さ、明人と享の関係性など盛りだくさんで、ボリュームのある一冊になったのではないかと思っています。

各キャラクターの肉付けというか、性格の掘り下げというか、新たな視点もあって書いていて楽しかったです。…………途中、歩道で転んであっちこっち擦《す》り剝《む》けてへろへろになりましたけど。大事に至らなくて本当によかったなと思っています。

笠井《かさい》あゆみ様、上巻に引き続き華麗なイラストをありがとうございます。今回はものすごく極道なスケジュールで申し訳ありませんでした［深々］。

さて。話は変わりまして。

知っている方はご存じでしょうが『渇愛』は三枚組のドラマCDになっておりまして。その第二弾、ドラマCDオリジナル・ストーリーとして『縛恋《ばくれん》』も三枚組で発売されました。

……ということで。どうせなら『縛恋』小説版も出してやろうという徳間さんのありがたい太っ腹企画で、次作は文庫書き下ろしで『縛恋』になりました。

とても嬉しいです。

でも……とっても大変そう。全編で何枚くらいになるのかな？　ちょっと、イメージできないです（苦笑）。

でも。はい、せっかくチャンスをいただけたので頑張ります！

それでは、次作で。よろしくお願いいたします。

令和五年　七月

吉原理恵子《りえこ》

この本を読んでのご意見、ご感想を編集部までお寄せください。

《あて先》〒141-8202 東京都品川区上大崎3-1-1 徳間書店 キャラ編集部気付

「渇愛㊦」係

【読者アンケートフォーム】

QRコードより作品の感想・アンケートをお送り頂けます。

Chara公式サイト http://www.chara-info.net/

■初出一覧
渇愛㊦……白泉社刊（1998年）
※本書は白泉社刊行花丸文庫を底本としました。

Chara

渇愛㊦……【キャラ文庫】

2023年7月31日　初刷

著者　吉原理恵子
発行者　松下俊也
発行所　株式会社徳間書店
〒141-8202　東京都品川区上大崎3-1-1
電話　049-293-5521（販売部）
　　　03-5403-4348（編集部）
振替　00140-0-44392

印刷・製本　株式会社広済堂ネクスト
カバー・口絵
デザイン　カナイデザイン室

ISBN978-4-19-901107-8

吉原理恵子の本

好評発売中

［渇愛㊤］

イラスト◆笠井あゆみ

「俺はあんたを兄だなんて、絶対認めない!!」親同士の再婚でできた2歳年下の弟に、初対面から嫌われている和也《かずや》。けれどその数年後、両親が突然の事故死!! 辛うじて保たれていた二人の均衡は崩れ、大学生になった和也は一人暮らしを決意する。ところがそれを知った弟・玲二《れいじ》が激昂!!「家を出たからって、俺と縁が切れたと思うなよ」と凄絶な美貌に酷薄な冷笑を浮かべ、無理やり抱いてきて…!?

吉原理恵子の本

好評発売中

「蝶ノ羽音 二重螺旋15」

シリーズ1～15 以下続刊

イラスト✦円陣闇丸

弟を護る守護者の外面ではなく、もっと貪欲な素顔が見たい――。仕事依頼で雅《まさ》紀《き》と顔合わせし、素材として欲を煽られるデザイナーのクリス。返事は保留にしたものの、兄を通さずとも、加々美《かがみ》との交流を深めていく尚人《なおと》や、成長著しい後輩モデル――周囲の変化を肌で感じ、雅紀は自分が岐路に立っていることを自覚する。そんな矢先、雅紀が断トツ人気のコスプレイベントがついに開催されて!?

吉原理恵子の本

好評発売中

［灼視線 二重螺旋外伝］

イラスト✦円陣闇丸

祖父の葬儀で８年ぶりに再会した従兄弟・零《れい》と瑛《あきら》。彼らと過ごした幼い夏の日々、そして尚人《なおと》への淡い独占欲が芽生えた瞬間が鮮やかに蘇る――「追憶」高校受験を控えた尚人と、劣情を押し隠して仕事に打ち込む雅紀《まさき》。持て余す執着を抱え、雅紀は尚人の寝顔を食い入るように見つめる――「視姦」文庫化にあたって書き下ろした、雅紀の捻じれた尚人への激情――「煩悶」他、全5編を収録した、待望のシリーズ外伝!!

吉原理恵子の本

好評発売中

「万華鏡 二重螺旋番外編」

イラスト◆円陣闇丸

念願の夏休みをもぎ取り、尚人《なおと》と二人きりの温泉旅行!! ところが宿泊先で雅紀《まさき》が偶然出会ったのは、CM撮影に来ていた加々美《かがみ》。雅紀は急遽、本番前の代役を頼まれてしまい…!? ファン待望の「スタンド・イン」他、朗読CD用に書き下ろされた、雅紀の葛藤と恋情を綴った一人語り――本編では語られなかった想いの激白や、様々なキャラとの鮮烈な邂逅も網羅!! 必読の初期番外編14作を収録!!